闇精霊に好かれた精霊術師

Yamiseirei ni sukareta seireijutsushi

著
お茶っ葉
Ochappa

Illustration
あんべよしろう

フィリス・ルードラ
ニノの幼馴染で、水の精霊術師。
どこか抜けているところはあるが、
活発で明るく、身体能力も高い。
フィアー
数百年前の戦争では
人族の敵だった、闇精霊の少女。
しかし見た目相応に、
女の子らしい面も持っている。
ニノ・アーティス
本作主人公で、大地の精霊術師。
幼少から精霊に縁がある。
男らしい男に憧れ、穏和な性格ながら
確固たる意志も秘めている。

カーレン・ロスター
頼りなさげな外見だが、世界に数少ない超級冒険者の一人。義腕を加えた4本腕で大剣を振るう。
アーシェ・フィル
面倒見のよい上級冒険者。魔法の実力は折り紙付きで、カーレンとは腐れ縁。
ノート
ニノが信仰する大地の精霊。幼少期以来、ニノの前には姿を現していない。
トル
まだ生まれたばかりの雷の精霊。窮地を救われ、ニノを慕うようになる。
Character
登場人物紹介

第一話　出会い

暗闇が覆う狭い通路内で、戦闘が繰り広げられている。

これで何度目になるだろうか、と僕——ニノ・アーティスは思った。

数えるのはもう途中でやめてしまった。考えるだけで気が滅入りそうだ。

疲労で頭は回らないし、腕は痺《しび》れて痙攣《けいれん》を起こしている。

「鬱陶《うっとう》しい連中ね！　切り裂きなさい、風刃《ウィンドカッター》!!」

同じパーティの魔法使い、ミスティさんが叫ぶ。彼女の持つ杖が輝き、放たれた風の刃がボーンナイトを切り刻んだ。

けれどその骸骨の魔物——鉄製の武器を装備した兵士の成れの果ては、恐れを知らないようだ。

刃を逃れた複数のボーンナイトが、こちらを目がけて襲いかかってきた。

「わっ!?　が、大地の守り《ガイアディフェンス》!!」

鉄剣が振り下ろされるが、土属性の魔力で固めた右腕で防ぎ、力を下方へと受け流す。

地面に突き刺さった得物の腹を蹴り飛ばし、敵の体勢を崩した。

「今だっ！　ミスティさんトドメをお願いします！」

後ろを振り返り、僕は絶好の機会を後衛に譲る。

しかし、後ろで詠唱しているミスティさんは、集中しているのか僕の方を見向きもしなかった。

…………。

……あれ、聞こえていないのかな？

もしかして敵を集め切ってから一掃するつもりなんだろうか。

とりあえずボーンナイトをやり過ごしつつ、僕は他の魔物の注意も同時に引き付ける。

動ける前衛が僕しかいないので、労せずとも囮《おとり》役として機能できた。

守りが僕の唯一の取り柄だけど、敵の数が二体、三体と増え続けるばかりで、そろそろ限界が近付いてくる。

「こ、これ以上は厳しいですよ‼　早く魔法で倒してください‼」

四体目のボーンナイトの突撃。身体を強引に反らして避けるが、体勢を崩して地面を転がってしまう。

慌てて立ち上がると、眼前に斬撃の痕が刻まれる。

――あ、危ない。間一髪だった……！

「何をやっているのよ、この愚図《グズ》！　私が魔法を放つ前に敵がバラけたじゃない！　囮役を務めるのなら死ぬ気で戦線を維持しなさいよ‼　お前はそれでも精霊術師なの⁉」

「ご、ごめんなさい……！」

ミスティさんに怒声を浴びせられ、気合を入れ直す。

そしてもう一度、ボーンナイトの群れの中へと飛び込んでいく。

「ほら休んでないで戦え戦え。結果は全てギルドに報告するんだからな？　手は抜くなよ。新人君」

遥か後方には、壁にもたれかかって楽しそうに観戦している戦士、レイドさんの姿があった。

彼はこのパーティのリーダーだ。だけどこの探索中、一度も剣を振るっているところを見ていない。

新人である僕が専《もっぱ》ら先陣を切って、後衛のミスティさんが敵を討つ。これが今日の一連の流れだった。

……三年前、まだ十二歳だった僕は、冒険者になるために故郷の村を飛び出してきた。

そしてつい先日、ポートセルトという街に着き、そこの冒険者ギルドに仮登録をしたばかりだった。

登録した新人には、漏れなく認定試験というものが課せられる。内容は、ベテランのパーティに加わって一定の戦果を挙げるというもの。

そこでパーティのリーダーから推薦を貰って、ようやく正式な冒険者として認められることになっていたのだけど……。

初めて経験するダンジョン攻略は、命懸けのスパルタだった。

「はぁ……はぁ……っ、疲れた……！　けど、何とか……の、乗り越えた……！」

二時間ほどかけ、僕たちはやっとダンジョンの最下層へと辿り着いた。

ここまでほぼぶっ通しで戦い続けている。全身は傷だらけ、服は汗と泥に塗《まみ》れて気持ちが悪い。

道中、ミスティさんに汚くて臭いから近付くなとまで言われてしまった。

レイドさんがそれを聞いて笑っていたのが悲しい。あれだけ苦戦していたのだから、できれば手伝って欲しかった。

「ニノ、お前はこのスイッチを押してしばらく待機だ。俺たちが戻るまで大人しくしていろよ？」

階段を下りて最初の大広間の中央に、人一人が乗って押す大きなスイッチがあった。

どうやら奥の扉と連動していて、誰か一人はここに残らないと先に進めないらしい。

基本的にこういった仕掛けは、生物の持つ生命力や魔力に反応するのでズルはできない。

「お前を雇ったのも、ここで重石《おもし》として残ってもらうためだ。しっかりと役目を果たすんだぞ？」

「わかりました。……本当に迎えに来てくれるんですよね？　僕はまだ新人だし、一人で残されるのは心細いです……早く戻ってきてくださいよ、絶対ですよ？」

僕は再三にわたってレイドさんに確認を取る。

この場に残るのは事前の打ち合わせ通りだけど、内心不安でいっぱいだった。

レイドさんは「当然だ」と、笑みを浮かべながら頷いてみせる。

最深部にあるというお宝に会えないのは寂しいけど、これもリーダーの命令だから仕方がない。

「必ず戻ってくるから心配するな。それに、お前には得意技の〝亀の守り〟があるだろ？」

「亀じゃなくて大地の守りです！　ノート様を馬鹿にしないでください！」

わかったから落ち着けよと、レイドさんは僕をなだめる。

彼は街で出会った時から、僕が信仰する精霊様に何かとケチをつけてきた。

悔しいけど実際、僕みたいに大地の精霊――ノート様の力を扱う精霊術師は、他にほとんど見かけたことがない。

そもそも土属性使い自体が、今の世の中では希少だ。だからといって、特別持《も》て囃《はや》されている訳でもなかった。

田舎でなら畑仕事に便利だと重宝されるけど、戦闘ではどうしても守り中心になるので、扱いづらいと思われてしまう。

今回の戦闘でも、僕の役割は専ら囮役だったし……。

だから、こうしてパーティに誘ってもらえたのは奇跡と言ってもいい。掃いて捨てるほどいる新人の中から、彼らは僕を選んでくれたのだ。

そう思うと多少の悪口だって我慢できた。……ノート様を侮辱《ぶじょく》するのだけは許せないけど。

「どんなに役立たずの愚図であろうと、じっとしているだけなら難しくないでしょう？　ほら、レイド。早く先に進みましょう。さっさと用件を済ませてこんな埃臭《ほこり》いダンジョンから出るのよ」

ミスティさんがそう言ってレイドさんの手を取る。二人は仲がよろしいようで。

風属性を操る彼女とは、属性的な相性が悪いのもあるけど、本当に徹底して酷い扱いを受けていた。

ここまでの道中で少しは認めてもらえただろうか、と思ったんだけど……今の発言を聞く限り、僕の価値は最初から、その辺の石ころと変わらないのかもしれない。

「――っということでだ。短い間だったが面白かったぜ。運が良ければまた会うこともあるかもな？」

「ちょっと!?　本当に化けて出られたらどうするのよ！　また餓鬼《がき》の面倒を見るのは嫌よ!?」

「ハハハ、冗談だって。これで終わりだっての」

レイドさんとミスティさんが奥に進んだ直後、背後にあった入口の扉が物凄い勢いで閉じられた。

地上へと続く階段もそこにあるので、完全にダンジョン内に閉じ込められた形になる。

「えっ？　あれ……？　入口が閉まるのは聞いてないぞ。で、でもレイドさんが街に戻れる転移石を持ってたはずだから、大丈夫だよね……？」

そう自分に言い聞かせることで、気持ちを落ち着かせる。

幸運にも大広間の天井には、仄《ほの》かに輝く光源があったので視界は良好だった。

食料だって、不測の事態に備えて二日は持つようにしている、まだ慌てるような状況じゃない。

――二人の最後の台詞《せりふ》が今生《こんじょう》の別れのように聞こえたのも、きっと僕を脅《おど》かす冗談か何かだろう。

出会ってまだ数日ちょっとの付き合いだけど、冒険者が同じ冒険者を陥《おとしい》れるなんて考えたくなかった。

いや、田舎者である僕を快《こころよ》くパーティに入れてくれた二人を信じなくてどうする。

とにかく僕はスイッチの上に座りながら、二人の帰りを待つことにした。

◇

「遅い……遅いよ……！　どうなっているんだ……？」

あれから体感で一日は待っただろうか。

体内時計頼りなので実際の時間はわからないけど、それぐらいは経っていてもおかしくない。身体が凝り固まってしまって、動くたびに関節が音を立てている。

出発前に収集した情報では、ここは半日もあれば回り切れる程度の小規模なダンジョンだった。

しかも既に最下層、残る部屋もごく僅《わず》か。慎重に移動したとしてもそう時間はかからないはず。

もしかして、最奥に住まうダンジョンの主《ぬし》と遭遇して苦戦しているのだろうか。

「心配だ……僕も助けに行けたらいいんだけど――囮ぐらいならできるし……」

どう考えてもそこに辿り着くのが悲しかった。囮も大事な役割だとは思うけど。

街から持参した食料と水の残りは一日分。僕が餓死するのが先か、彼らの帰りが先か。

冒険者は有事に備えて万全の準備をするべしと教えられているけど、この場合どう対処するのが正解だったんだろうか？　是非とも模範解答を聞きたい。

「はぁ……それにしても、待つだけってのは退屈だな。……お尻が痛い」

じっとしているのにも飽きたので、大広間を少し探索することにした。

スイッチから降りると奥の扉が閉まるけど、必要な時にまた乗ればいいだろう。

軽い運動がてら、部屋の周囲を歩き回ってみるが特に何もない。無機質な壁と床が広がっているばかりだ。

二つある大きな支柱に近寄ってみる。ここにも何も――いや、あった。

直接手で触れてみると、表面に少しだけ不可解な出っ張りがある。どう考えても怪しい。

「もしかしたら非常用の隠しスイッチかな？　それ以外に用途がないよね」

罠だとしても回りくどいし、押してみる価値はありそうだ。

もし入口を開けるものであれば、一旦街に戻ってギルドに応援を要請するつもりだった。

先に進んだ二人に何か問題があったのなら、助けられるのは僕しかいない。

ゆっくりと祈るような思いで押してみた。

そしてすぐに――現実は非情であると思い知らされた。

「う、嘘だ！　何でこんなところに召喚罠があるんだよ!?　意地が悪過ぎるよ！」

大広間の中央に転移門《ゲート》が出現し、そこから巨大な魔物が現れたのだ。

青味がかった肌に、見上げるほど巨大な体躯《たいく》、拳に握り締めた極太の棍棒。

トロールだ。しかもその中でも、最上位に君臨するキングトロール。それが……二体もいた。

「ちょっと待って聞いてないよ‼　どうして無名のダンジョンにこんなのがいるんだ⁉」

『ウオオオオオオオオオオ！』

キングトロールは雄叫《おたけ》びを上げ、こちらを挟み込むように大きな足取りで襲いかかってきた。

この辺りの土地では確実に、姿どころか名前すら聞かない連中だ。

数百年も前、魔王が根城《ねじろ》にしていた魔大陸で確認された超希少種で、歴史書に記されるような代物《しろもの》である。

ギルドに報告すれば、情報料だけでそこそこの金額が貰えるだろう。

そして新人冒険者では、勝ち目なんて万に一つもありはしない。

最強クラスの実力者でも倒すのに一晩は要する相手に、僕の力が通用するはずがなかった。

「か、考えろ、考えるんだ……！」

迫り来る死の恐怖に耐えながら、それでも僕は思考を続ける。

冒険者は考えるのをやめた時点で終焉《しゅうえん》、即《すなわ》ち死を意味する。それはギルドでも最初に教わる心得だった。

最後まで諦めずに足掻《あが》き続けるのが、一流の冒険者というもの。

現状、大広間から抜け出すにはスイッチの上に誰かを乗せるしかない。

キングトロールを誘導するか？　でも人一人が乗って反応するような仕掛けだ、人の数十倍も重い魔物が乗ったら壊れてしまうんじゃないか。

「だけど他に方法なんて――ん、あれは？」

距離を取って外周を走っているうち、目に飛び込んできたのは、キングトロールが出現する時に開いた転移門だった。

通常の召喚では、この手のものは使いきりで、役目を終えるとすぐに消滅するはずだった。

「もしかして……召喚罠じゃなく、別の場所に繋がる門が開いただけ？」

つまりキングトロールは、この転移門の先に続いている謎の場所に偶然居合わせただけということになる。

それはそれで不運にも程があるけど、そうとしか考えられない。

そして転移門が今も残されているということは、まだ利用できる！

どこに繋がっているかはわからない。無茶で無謀で危険な賭け。

だけど封鎖された空間で、最上位の魔物二体と追いかけっこを続けるよりマシなのは確かだった。

「ノート様……！　僕に力を貸してください!!」

そうと決まればやることは一つ。僕は転移門に向かって一直線に走る。

キングトロールはそれに反応して棍棒を振り上げた。地面に大きな影が伸びていく。

当たれば即死、掠《かす》っても致命傷、躱《かわ》しても風圧で吹き飛ばされボロ雑巾にされる必殺の一撃。

それでも——僕には心強い力がある。

精霊様の力の一部を借りて、自分に強化《エンチャント》をかける。

そして勇気を振り絞り、キングトロールの足元に飛び込んだ。

直後、棍棒が背後に叩き付けられた。暴力的な風が僕の背中を押し上げ、身体をいとも簡単に吹き飛ばす。

世界が回り、視界が回る。脳が揺れ気を失いそうになるのをぐっと堪《こら》える。

全身にゴツゴツとした鈍い感覚を受けながら、僕は地面を抉《えぐ》るようにして踏み止まった。

そして目の前には、青白く光る転移門。

「よし五体満足！　どこも問題なし！」

自身の防御力を限界まで高める土属性魔法、大地の守り《ガイアディフェンス》のおかげで僕の身体は無傷だった。若干、足元がふらつくけど大した問題じゃない。

さすがは僕の敬愛するノート様。今日もお力を貸していただきありがとうございます。

「はぁ……。でもこれじゃあ二人の帰りを待つ約束を守れないな。……どうしよう」

悔しそうにこちらを見下ろすキングトロール二体を尻目に、僕は悠々と転移門を潜《くぐ》った。

◇

転移特有の眩《まばゆ》い光を抜けた先、視界に広がったのは、辺り一面の荒野だった。

枯れ果てた木々が点々と並んでいるが、それ以外に何もない。人影や小動物の鳴き声すらも。

薄暗い地下から抜け出したというのに開放感がないのは、空が灰色の雲で覆われているせいだろうか。

「ここは一体……？　って、早く移動しないとキングトロールが!!」

強化《エンチャント》を解いて、僕は慌てて移動を開始する。

目の届く範囲に魔物がいないとはいえ、いつ何が襲ってくるかわからない。

大地の守り《ガイアディフェンス》は、龍の息吹《ドラゴンブレス》にすら耐える最強の防御力を得る代わりに、反撃手段を失う。

防御中は攻撃できないだけでなく、移動もかなり遅くなる。状況によっては解いておかないと不利になるのだ。

レイドさんが亀の守りと馬鹿にしていたのは、そういう理由からだった。

「でも今のは良い判断だったんじゃないかな、うん。あの方法以外はなかったと思う」

自由に動けないのであれば、逆に敵の攻撃を利用すればいい。

咄嗟《とっさ》に思いついた博打《ばくち》だったけど最善は尽くせた。自分を褒めてあげたい。

あとはキングトロールが元の場所に戻っていくのを確認してから、こっそり大広間に戻ればいい。

――そう考えていたんだけど。

「あれ……？　アイツら追ってこないな。どうしたんだろう？」

転移門から距離を取って様子を窺《うかが》うも、一向にキングトロールの姿が現れない。

少なくとも僕がこちら側に移動できたので、一方通行のゲートではないはず。

もしかして、戻り方がわからないのだろうか……？

「どれだけ強くてもトロールはトロールかぁ……でも困った。これじゃ僕が戻れないじゃないか！」

今頃ダンジョンの大広間では、キングトロールが獲物を求めて延々と彷徨《さまよ》っているだろう。

ここは我慢比べといきたいところだけど、水も食料も全てあそこに置いてきてしまった。

一旦戻るのは諦めて、体力がある間に周囲を探索した方が利口かもしれない。

ただ、見渡す限り枯れ果てた大地なので無駄足になる可能性も……。

いや、一瞬何かが見えた。小さな——神殿に似た、白い石造りの建物だ。

もしかしたら誰かが住んでいるのかもしれない。過度な期待はしないようにして近付いてみる。

「勝手に入ってごめんなさい！　誰かいませんか？　誰か——いないみたいだ」

神殿は無人で、入口を塞ぐ扉もなく単純な造りだった。内部は、進むにつれて周囲の壁が狭まっている。

そして最奥には、黄金の装飾でできた重厚な壁があった。

闇を纏《まと》った禍々《まがまが》しい龍と戦う、光の人物が描かれている。そこからは重々しい空気が漂っていた。

「もしかして入ったら駄目な場所だったのかな……？　でも他に身を寄せる所もないし、困った」

神聖な雰囲気に気圧《けお》され、自分が悪事を働いているような気分になる。

それでも意を決して、その黄金の装飾に触れてみた。ひんやりとして少し柔らかい。

レイドさんとミスティさんがこの場にいたら、さぞかし大喜びしていただろう。

そもそも彼らには、僕の試験とは別に、ダンジョン内のお宝を手にするという目的があったのだから。


果たして二人は無事なんだろうか。少なくともスイッチを押さない限りあの扉は開かないから、キングトロールと鉢合わせすることはないと思うけど。

「って……ははは。まずは自分の心配をしなきゃいけないのに、何を考えてるんだ僕は」

思わず自嘲《じちょう》の笑いが出てしまった。先の見えない不安に、心が叫んでいるのかもしれない。

昔からお前はお人好し過ぎる、冒険者には向いていないと周囲の人たちに強く言われたものだ。

だけど、男として生まれたからには叶えたい夢の一つや二つはある。

——冒険者として大成したい。

そして、僕の命の恩人である大地の精霊様を、より多くの人に知ってもらいたい。

そんな願いを抱いて単身、故郷を飛び出してきたんだ。

今頃、僕がどこかで野垂れ死んだのではないかと、みんな噂しているかもしれない。

「僕はまだ走り出したばかりなんだ……。絶対にここで終わるわけにはいかないんだ……！」

何度もそう呟きながら冷たい石床に座り込む。

瞼《まぶた》が重い。ずっと気を張っていたからだろうか、急激に眠くなってきた。

今後のためにもできるだけ、体力を温存しておこう。

「ごめんなさい。少しだけ……宿として使わせてもらいます……」

◇

『ねぇ、そこの人族。起きなさいよ……ねぇってば！』

——声がする。

僕の知り合いの中では聞いたことがない声色。

女の子の声だ。少し怒っているようにも聞こえる。

『ちょっと、起きなさいって。私の声が聞こえていないの？』

聞こえています、でもごめんなさい。僕はまだ眠いので寝かせてください。

今日までずっと頑張ってきたんです。とても疲れているんです。許してください。

『図々しいわね。土足で上がり込んで、挙句《あげく》に私を無視するだなんて……。これは何百年ぶりの屈辱かしら？』

一体誰なんだろう？

こんな荒れ果てた土地に人が、それも女の子が住んでいるとは思えない。

もしかして天使様だろうか。辺境の地に取り残された哀れな少年を、迎えに来てくれたのだろうか。

『あんな胡散臭《うさん》い連中と一緒にしないでくれる？　それに貴方《あなた》、まだ死んでいないわよ？』

「あぁ……そうなんだ。……おはようございます」

つい、誰とも知らない女の子に挨拶をする。

徐々に意識がはっきりとして、あれ……おかしい。支えがない。

黄金の壁に寄りかかっていたはずなのに、気が付くと仰向けに寝転がっていた。

立ち上がって確認するも、やっぱり壁が無くなってしまっている。

「夢を見ていた……とかじゃないよね？」

心身共に追い詰められた末期《まつご》の冒険者は、ありもしない黄金が見えてしまうことがあるらしい。

そこまで弱っていた覚えはないけど、うーん。僕も案外、欲深かったりするんだろうか？

『壁が無くなったのには私も驚いたわ。人族の子供が迷い込んできたかと思ったら、忌《い》まわしい封印が消えているんだもの。一体、貴方は何者なの……？』

「何者と聞かれても僕はただの――って、ええっ⁉　せ、精霊様⁉」

『なっ、どうしてそれを……！』

僕は思わず口を噤《つぐ》んでしまう。

黄金の壁があった向こう側、神殿の隠し部屋であろう小さな空間に、結晶が固定されていた。

壁面に埋め込まれた、七色に輝く鉱石が室内を神々《こうごう》しく照らし、中に封じられた少女の姿を映し出す。

その異質な状況もだけど、何よりも驚いたのが、彼女が精霊であるということだ。

僕もまだまだ未熟とはいえ、精霊様の力を扱う精霊術師だ。普通の人との違いは肌で感じ取れる。

『ふーん。貴方、大地の精霊術師なのね。道理で――辛気臭い、土っぽい匂いを感じると思ったわ』

「……ちょっと待ってください。今、物凄く馬鹿にされた気がするんですけど。訂正してください！」

よくわからないけど、ノート様を侮辱されたのだけは理解できた。

僕が怒りを露《あら》わにすると、少女は意外そうな顔をしてこちらを見てきた。

『へぇ、本気で怒るんだ。貴方たち人族って、精霊の力を借りるだけ借りて、それでおしまいなのかと思っていたのだけど。アイツの悪口を言ったくらいで怒る人、初めて見たわ』

「そんなの当然ですよ！　僕たちは心から精霊様をお慕《した》いして――！」

『それは嘘ね』

僕の言葉を遮るようにして少女は言い切った。

『私は人の本心を覗き見ることができるの。これまで出会った連中のほとんどは、誰しも口では綺麗事を語っていたわ。でも実際は力を利用することしか考えていなかった。そこには……まぁ、多少の敬意はあったのでしょうけど？　貴方が語るほどの想いは感じ取れなかったわ』

「そ、そんなことは……！」

『でも貴方自身は——どうやら嘘はついていないようね。へぇ、珍しい人族もいたものね』

結晶の中で何度もうんうんと首を縦に動かす少女。

よく見ると両手、両足は白い鎖で繋がれていて、背中に見える半透明の羽は傷だらけだった。

黒い高級感のある衣服は所々破けて、白い肌が晒《さら》されてしまっている。

先程は思わず失礼なことを言ってしまったけど、僕は慌てて結晶の傍《そば》に駆け寄る。

「ひ、酷い傷だ!! 待っていてください、今ここから出してあげますから！」

目の前の結晶を力一杯に叩く。

硬い。さすがに簡単に割れるような封印ではなさそうだ。

次は手で触れた箇所に魔力を通して情報を集める。昔読んだ魔法書を思い出しながら。

「……駄目だ、旧世代の魔法が使われていて僕には解析できない。困ったな……」

頭を抱えて歩き回っていると、少女は目を丸くして驚いていた。

『貴方、私を助けるつもりなの？　本気？　でも私は——』

「そんなの当然です！」

今度は僕が少女の言葉を遮《さえぎ》る番だった。

たとえそれがどんなに酷い性格の持ち主であろうと、僕は常に精霊様の味方でありたい。

これは冒険者を志す前から心に刻んでいた誓いだ。決して破ることはしない。

「絶対に助け出してあげますから、大人しく待っていてください‼」

大きな声で力強く言い切る。

物凄く無礼を働いているとは自覚しているけど、そうでもしないと本気だとは信じてくれないだろう。

あっ、でも彼女は心が読めるんだった。それなら僕の気持ちは伝わっているのか。

気になってこっそりと少女の様子を窺う。すると当の本人は――

『ぷぷっ、あははは、あはははははは。面白いわ！　こんな馬鹿な子に出会ったの何百年ぶりかしら。あははは』

――楽しそうに笑っていた。

「……馬鹿で結構です‼　とにかく、どうにかしてコイツを……！」

無視して結晶に再び触れる。

すると少女は更に大きく笑ってみせた。

『もうっ！　貴方は私を笑い殺すつもりなのかしら？　……それじゃお優しい貴方に、良いことを教えてあげる。さっき私言ったわよね？　封印が消えたって』

「……確かにそれは聞きましたけど。でもコイツが……！」

『だからほら、そこを見なさいよ』

精霊の少女は動かない手足の代わりに、目を使ってソレを指し示す。

視線の先には壁に取り付けられた大きなレバー。教えられるまでまったく気が付かなかった。

少女は視線を再び僕に戻すと、可愛らしく、それでいて憎らしい笑みを浮かべる。

『周りが見えないほど必死だったの？　貴方って、心を覗く必要がないくらいお人好しなのね』

◇

「久しぶりの外は清々《すがすが》しいものね、心が洗われるようだわ。……貴方もそう思うでしょう？　ニノ」

「……そうですか？　空は灰色で、景色は寂しいし空気は重たいしで、全然わかりませんけど」

「余計な物がないという素晴らしさがわからないだなんて、人って本当につまらない感性をしているわ」

神殿の外で、素晴らしい（？）感性の持ち主である精霊――フィアー様は、踊るように辺りを歩き回っていた。

白いレースであしらわれた黒のスカートを靡《なび》かせ、魅惑的な紫の長髪を揺らしている。

とても絵になる光景だった。何もない荒野に一輪の花が咲いているような。

僕の感性でも、それくらいは理解できる。

彼女が結晶に囚《とら》われていた時はハッキリとは見えなかったけど、フィアーと名乗ったその精霊様は、とんでもない美少女だった。

纏っているオーラが常人とかけ離れていて、目を閉じてもその容姿をありありと思い浮かべられる。

……そもそも彼女は、人族とは別物なんだから当然ではあるけど。

「ねぇ、見てニノ。あそこにキラーゴイルが飛んでいるわ！　今は二、三匹しか見えないけど、昔は魔大陸に数え切れないくらい飛んでいたのよ？」

「ちょ、ちょっと！　隠れないと危ないですよ‼」

僕はフィアー様の手を掴《つか》み、岩場の陰に隠れる。

キラーゴイルも、キングトロールと同じく最上位の魔物だ。

灰色の巨大な翼を広げ、大きな槍を携えた、悪魔の顔を持つ天空の狩人《かりうど》。

空を自在に飛び回る分、トロールよりもタチが悪い。見つかったら逃げ切れる保証はないだろう。

――フィアー様曰《いわ》く、どうやら僕はあの転移門で、かつて魔王が住んでいたとされる魔大陸に飛ばされたらしい。

今もなお凶悪な魔物が蔓延《はびこ》り、現代の地図には記されてすらいない滅びた大地である。

この場に漂っている重々しい空気を吸っているだけで、寿命が縮まりそうだ。

こうして今も生き延びられているのは本当に奇跡と言っていい。

「……まったく、ニノは心配症ね。ほら、もうどこかに行ってしまったわ。だから……手を放して」

「あっ、ごめんなさい！」

慌ててフィアー様の小さな手のひらを放す。

無意識にずっと握り続けていたらしい。……失敗した。精霊様は魔物を恐れたりなんてしない。

それに僕の身体は泥と血で汚れている。こんな綺麗な方を穢《けが》すのは――

「――気が変わったわ。まだ身体が本調子じゃないの、転ばないように支えてくれる？」

「えっ？　いいんですか？　汚れますよ？」

「早く！」

「は、はい！」

汚れを服で拭《ぬぐ》ってからもう一度手を繋ぐ。

フィアー様はその手をじっと見つめてから、満足そうに鼻を鳴らした。

精霊様は気まぐれだった。

第二話　精霊の力

休憩がてら、安全な神殿内でフィアー様の歩く練習に付き合う。

支えが必要と言っていた割には、彼女はしっかりとした足取りだった。

長々とやっている時間もないので、ある程度で区切りをつけて、ダンジョンに戻る準備を始めた。

無造作に解けたリボンを撫でながら、フィアー様は僕に視線を向ける。

「それでニノはどこから来たの？　これから行く当てでもあるのかしら？」

「えっと、この先にある転移門で、元いたダンジョンに戻るつもりです。もしかしたら、僕の帰りを待っている人がいるかもしれないので……多分。……あまり自信はないですけど」

「ふーん、それじゃ私もソイツに挨拶しようかしら？　ニノがお世話になったみたいだし」

「……もしかして僕についてくるんですか？」

「…………まさか私を置いて行くつもりだったの？」

僕の反応に対して不服と言わんばかりに、大きな足取りでフィアー様が傍に寄ってきた。

座っている僕とそこまで目線が変わらないくらい、小さな身体だ。それでも一つ一つの動作に迫力がある。

「貴方が封印を解いたのだから、私の面倒を見るのは貴方の役目でしょ？」

「そ、そうなのかな……？」

てっきり、このまま自然に別れるものだと思っていたので驚いた。

精霊様は僕たち人族に力を貸してくれるけど、普通は決してそれ以上関わり合うことはない。

そもそもこうして実際にその姿を目《ま》の当たりにすること自体、本来あり得ない状況なんだ。

多くの精霊術師たちが、一度も精霊様と相見《あいまみ》えることなく一生を終える中で、僕はこれで〝二度目〟の出会いになる。

これを他の精霊術師に知られでもしたら、嫉妬《しっと》で呪い殺されかねない。邂逅《かいこう》するだけでも大変なことなのに、更に彼女は僕と行動を共にするというのだ。

混乱する頭を押さえて、僕はフィアー様に尋ねる。

「僕、精霊術師としてはまだ未熟で……精霊様のお力を借りるだけで精一杯なんですよ？　フィアー様は僕を買い被《かぶ》り過ぎじゃないですか？」

……というか今の時代に、精霊様に見合うだけの実力を持った人物など、果たして存在するのだろうか。

かつて魔王と激戦を繰り広げた伝説の勇者は、光の精霊と共にあったらしい。

だけどそれ以降、精霊と接触した人物の記述はどの文献にも存在しない。つまり僕は、伝説の勇者の次に、精霊様と直接触れ合った人物になるのではないだろうか？

まだ冒険者としては駆け出しで、精霊術師としても未熟な僕がだ。

「あの封印を解ける人物がタダ者な訳ないでしょ？　それに私はニノのことが気に入ったの。ほらっ、もっと自分に自信を持ちなさい！」

「は、はい！」

フィアー様に励まされて、僕は頷くことしかできなかった。

まず、封印を解いたと言われても寝ている間の出来事なので、自覚もないのだけど……こうして精霊様に認められたからには、今後はその期待に応《こた》えないといけない。

それが精霊様の力を扱う、精霊術師としての責任だ。僕は姿勢を正した。

「ところで、話は変わるけどニノは契約魔法を知っているかしら？」

「契約ですか？　聞いたことだけは……実際に見たことはありませんけど」

契約魔法とは文字通り、精霊様と契約を結び直接的な繋がりを生み出す魔法だ。件《くだん》の勇者も直接、光の精霊と契約を交わしたとされている。

これによって、精霊術師のように力の一部を借りるのではなく、より主体的にその力を扱うことが可能になる。

膨大な魔力を得られる秘術であり、契約者は精霊術師ではなく、《精霊使い》と呼ばれるらしい。

ただ実際は精霊様と出会うことすら難しいので使う機会はなく、誰からも見向きもされなかった。

その上、契約を結ぶためにはまず、相手に気に入られなければならないのだ。あまりにも難度が高い。

歴史上、契約魔法を行使したとされる人物は伝説の勇者ただ一人。

色々と魔法についてはこれまで勉強してきたけど、さすがに一度も使わない魔法を覚えていても仕方がない。自主的に習得しようとは思わなかった。

「ふーん、知らないんだ。それなら特別に、手っ取り早く契約する方法を教えてあげる」

「そんな方法があるんですか？」

初耳だった。

契約魔法は、光の精霊から直接人族に伝わったもので、それ故《ゆえ》に発展性のない魔法とされてきた。古めかしい様式で準備にも時間がかかる。

簡易的な方法があるのなら、それは凄く気になる。単純に精霊術師として興味があった。

「……それじゃ、こっちに来て」

「はい」

言われた通り、フィアー様の前に立つ。

僕の身長は同年代の中でも低い方だけど、それ以上に彼女は小さい。

「うーん、駄目ね。届かないわ、少し屈《かが》んで」

「こうですか？」

屈むとフィアー様の顔がよく見えた。つり目で不機嫌そうに見えるけど、そうでもないらしい。大きな街の神殿に祀《まつ》られている女神の像は、彼女をモチーフにしたのではないかと思えるほど整った顔つきだった。可愛らしさもあるけど、どちらかといえば美しさの方が際立っている。

じっと目を合わせるのを躊躇《ためら》うほどに。

だけどそこは我慢して、深淵のように深く、黒い彼女の瞳を見つめる。

「そして目を瞑《つむ》る」

「……？」

言われた通りに目を瞑った。

――その刹那《せつな》、口元に何か温かいものが触れた。

ほんの僅かな間だったけど、確かに何かが触れていた。

「ッ⁉」

思わず目を見開く。

フィアー様は距離を取って笑っていた。してやったりといった表情。

僕はゆっくりと指で口元をなぞり、残滓《ざんし》を感じ取る。

「ねぇ、どうだった？　どうだった？　契約してみた感想は？」

いちいち反応を求めてくる意地悪な精霊様の前で、自然と僕は心からの声を出していた。

「ご、ごめんなさい……ノート様……！」

◇

「ニノ！　早く行くわよ‼」

フィアー様は声を荒《あら》らげながら、前へ前へと進んでいく。

僕はその背中をあたふたと追いかけていた。あれから何度話しかけてもこの調子だ。

彼女は——怒っていた。

「本当にごめんなさい。あれはその……驚いてしまって、つい……！」

いくら不意を突かれたとはいえ、口づけの反応に別の女性の名前を出してしまうのは人として最低だ。

そしてノート様に対しても……僕にとっては、あくまで心から敬愛している相手だというのに、大変失礼なことを口走ってしまった。

「そうでしょうね、驚いて〝つい〟本心が漏れたのでしょうね！　あぁイライラする。何がムカつくって、よりにもよって相手がノートってことよ！　あの土臭い女のどこがいいっていうのよ!?」

「それはさすがに失礼だよ！」

「何よ!?」

睨まれた。

「……あっ、うーん、悪口はいけないと思いますよ？」

というより、あんな契約手段なら、先んじて教えてくれてもよかったと思う。

前もって知っていたら覚悟だって……いや、もうこの件に関しては全面的に僕が悪い。

「ニノ、貴方私と契約した自覚ある？　貴方はもう私のものなのよ？　ノートに浮気したら駄目。力を借りるのも当然駄目よ！」

「え？　精霊契約ってそういうものなんですか？　それじゃあまるで奴隷じゃないですか……！」

前例が過去に一件しかないので、当の精霊様に言われると否定できないのが怖い。

困った……僕には一人でも多くの人に、大地の精霊様の素晴らしさを知ってもらうという目標があるのに。肝心の力を借りられなければ難しくなってしまう。

「貴方たち精霊術師だって、勝手に精霊の力を使っているじゃない。私たちだって奴隷みたいなものでしょ⁉︎」

「人聞きの悪い。ちゃんとお願いして使ってますよ！」

「ほぼ強制じゃない！　こっちの気分とかお構いなしに！」

「それは……まぁ……うーん」

まったくもってその通りなので言い返せない。

冒険者稼業をしていると、精霊様の都合がどうであれ、力を借りなければいけない場面がごまんとある。

そしてその際に、可能な限りご機嫌を取るのが精霊術師の重要な仕事なのだ。

……確かにそう考えると、僕たちは悪者だった。

「ということだから、今後は私のために尽くしなさい？　その分、私もたくさん返してあげるから」

僕から反論がなかったことで機嫌が直ったのか、鼻歌を口ずさみながらフィアー様は僕の隣に並ぶ。

契約の効果か、以前よりもその存在が大きく感じられた。見えない糸のようなもので直接繋がれているみたいだ。

ただ、僕の魔力が上がった訳ではないらしい。多分、これは力の主導権が彼女にあるからだろう。

「それで、この転移門を潜ればいいのね？　ふーん、いつの間にこの大陸と通じる門ができたのかしら。私の知る限り、魔大陸には何重にも結界が張られていて、外部からの侵入者を拒んでいたはずなんだけど。こんなにもわかりやすい物を放置しておくかしら？」

「でも実際にあるんですし、誰かが用意したんですかね？　うーん、向こう側の転移門は一応隠されてはいましたけど……」

それにしては随分単純な仕掛けだった。

とはいえ、あの転移門を見つけたのは僕が最初だったみたいだし。それなりに、隠蔽《いんぺい》の効果があったとは言えるか。

フィアー様の封印が解けた理由も含めて、謎ばかりだ。

「まぁ考えても仕方ないですよね！　さっぱりわからないですし！」

「そうね、過ぎたことはどうでもいいの。今を楽しみましょ」

「せっかくですし、街に着いたら案内しますね。実のところ僕もそこまで詳しくはないんですけど」

「ふーん。一応、期待しておくわね」

とりあえずダンジョンに戻るのが先決だ。いい加減、魔大陸の重苦しい雰囲気から解放されたい。

僕とフィアー様は躊躇《ためら》いなく同時に門を潜った。

——何か大切なことを忘れている気がしたけれど。

◇

『グオオオオオオオオオ!!』

「ねぇ何？　このうるさいの。ニノの知り合い？」

「あっ、キングトロール………って、コイツらのことすっかり忘れてた!!」

眩い光を抜けた先、待ち構えていたのは一対の巨人だった。

空っぽの脳みそでも、逃がした獲物は覚えているのか満面の笑みで迎えてくれる。

駄目だ。今の僕にコイツらを馬鹿にする資格はない。

「い、今すぐ戻り——って門がない!?」

慌てて振り返ると、転移門は砂となって崩れ去っていた。

近寄って確認するも、地面と同化してしまっている。

「回数制限でもあったんじゃない？　よくある話よ」

「最悪のタイミングだ……！」

つまりキングトロールを倒さなければ、生きて外には出られないということだ。

勝ち目はあるんだろうか。

僕たちを前にして、棍棒の素振りで大気を震わす巨体を見上げる。

少なくとも以前の僕なら、自決した方が綺麗に死ねるという消極的な未来しか見えなかった。

……でも今は《精霊使い》だ。過去の自分とは大きく変わっている……はず、多分。

フィアー様に目配せすると、悪戯《いたずら》っぽい笑みが返ってきた。

「せっかくだから私の力を試してみる？　ノートとの格の差を思い知って、宗旨《しゅうし》替えしたくなるかもね」

「それは〝確実〟にないです」

「……怒りで魔力が上がったわ。一瞬で消し飛ばすわよ!!」

「頼もしいですけど――って、熱《あつ》、熱っ!!」

突然、魔力の奔流《ほんりゅう》が全身を駆け巡った。意識外の力に翻弄され背筋が真っ直ぐに伸びる。

フィアー様と繋がる透明の糸から堰《せき》を切ったかのように、熱く、激しく、燃え上がるどす黒い魔力がなだれ込んできた。

肉体の内側に宿る魂にまで、侵食していく感覚。彼女の怒りの感情まではっきりと伝わってくる。

――それは初めての経験だった。

過去に一ヶ月間だけ、精霊術師の講習を受けたことがある。

そこで熟練者の技術は見せてもらったけど、これほどまでに具現化した魔力は感じたことがない。

だけど、僕が何よりも驚いていたのは別のことだった。

これは、この力は――

「――や、闇属性……？　な、何で……!?」

唖然《あぜん》とする僕に、フィアー様は髪をかき上げて呆れ声で返してきた。

「今頃気が付いたの？　そういえば言ってなかったかしら――私が闇を司《つかさど》る精霊だって」

フィアー様が片手を上げると、その動きに合わせて僕の右手も勝手に上がった。

「「永久の闇より出《い》でよ、虚無へと誘う地獄の門《ヘルズゲート》」」

僅かな詠唱と共に開かれたのは、光をも喰らい尽くす漆黒の沼だった。

むせ返るような腐敗臭。沼の中から、皮と肉の剥《は》げた亡者の腕が無数に飛び出す。

『グ、グウウウウ、グガアアアアアアア!!』

片方のキングトロールが暴れるのを大量の腕が押さえ込み、力任せに沼へと引き摺《ず》り込んでいく。

棍棒を必死に振るうもあっという間に下半身が沈み、次に身体が、そして頭が。

最後の抵抗にキングトロールが腕を振り上げた瞬間、沼が閉じられ――切り取られた。

赤黒い鮮血を散らし、飛んでいくキングトロールの腕を眺めながら、僕の全身に冷たい汗が流れる。まばたきすら忘れていた。視界がぼやける、胸が苦しい、頭が痛い。

「次、来るわ」

「えっ？」

フィアー様の声で我に返ったが、既に眼前に巨大な棍棒が振り下ろされていた。

あ、死んだ。

ところが、土煙が視界を塞ぎ、衝撃波が目を覚ませと頬を叩く――あれ？　まだ僕は生きている。……外れた？

違う。僕の身体をすり抜けるようにして、棍棒が地面に突き刺さっている。

「ふんっ、つまらない攻撃ね。避けるまでもない」

「……いや、その……僕の心臓は止まるかと思った……！」

「……それは鍛えなさい」

もはや理解が追いつかない。

物理干渉を無効化する魔法なんて、古今東西聞いたことがないぞ。

驚いて固まっているもう一体のキングトロールに向かって、フィアー様は緩やかに、可憐に、歩みを進めていった。

息を呑むほどの美しい所作。その背後で、凝縮された闇の残滓が点々と石床に穴を穿《うが》っていく。

「ねぇ貴方。その無駄に大きな図体をどうにかできないのかしら？　声もうるさいし、変なにおいもするし、鬱陶しいわね」

『オ、オオ……』

あのキングトロールが、小さな少女に気圧《けお》されている。

ジリジリと怯え後退していく姿はまるで、小動物そのものだ。

「私、今とっても機嫌が悪いの。ニノがわからず屋だから、この怒りを誰かにぶつけたくて仕方がない。ねぇ、わかったなら早く消えなさい。早く、早く早く!!」

フィアー様の有無を言わさぬ捲《まく》し立てに耐え切れず、キングトロールが一目散に出口に向かう。

僕もそれを見て、すぐさま床のスイッチに飛び乗った。

『グアゥ……』

が、キングトロールはあまりにも図体が大きく、扉の前で詰まってしまった。

「はぁ……愚図は嫌いよ」

フィアー様が溜め息をついた瞬間。

キングトロールの全身が黒炎に呑み込まれた。

『グギャアアアアアアアア!!』

ダンジョンをも震わす野太い断末魔。耳を塞がないと鼓膜が破れそうだ。

暴れ狂うキングトロールが、懇願《こんがん》するかのようにこちらに手を伸ばすも腕が灰となって消えた。

動くたびに、その部分が崩れ散っていく。そして四肢が欠損し動かなくなったところで……。

「残念だったわね。来世ではもっと小さな身体に生まれてくるといいわ」

フィアー様が息を吹きかけると、跡形もなく消滅した。

◇

闇属性。

それはこの世界に存在する数多《あまた》の属性の中でも、古くから最強と謳《うた》われた力だ。

生きとし生けるものを滅ぼし、全てを無に還す滅びの力。

名のある上級魔族、闇妖精《ダークエルフ》、そして魔王が心酔した力。

かつて、世界の命運を託された伝説の勇者も、光を纏い闇と戦った。

大きな戦いには必ず闇の存在が付き纏う。人族の歴史は、闇との戦いの歴史とも言えるくらいだ。

だけど、その実態の多くは長きにわたり、神秘のベールに包まれていた。

何故なら闇属性に適応できる者が、他の属性に比べて極端に少ないから。強大な力に耐えうる器がなければ、術者の肉体すらも崩壊してしまうのだ。

よって闇に受け入れられる者は、須《すべか》らく魔族もしくは才ある亜人――つまり、人族と魔族のハーフだと言われている。そこに人は含まれないはずだった。

闇は常に人を拒絶する。人もまた闇を嫌厭《けんえん》する。

だからこそ――フィアー様が闇精霊であるという事実が、僕には信じられなかった。

◇

「ねぇ、これをスイッチに置けば先に進めるんじゃないの？　うぐっ、お、重い。ちょっと、ニノも見てないで手伝いなさいよ！」

フィアー様がキングトロールのちぎれた腕を引っ張るも、体格の差でビクともしない。

僕もその隣に立って太い指を持ち、二人で引き摺るようにして少しずつ運んでいく。

「よいしょ、よいしょ」

可愛らしい掛け声を出して、額に汗を流す少女。

その姿は、先程の殺意に満ちた魔力の持ち主には到底結びつかない。

まるで酷い悪夢でも見ていたかのようだった。

「……どうして？」

疑問がふつふつと湧き上がってくる。考えれば考えるほど、袋小路にはまりそうだった。

フィアー様に質問を投げかける。

「僕は……人族だよ？　フィアー様はどうして僕のことを受け入れてくれたんですか？」

「え、ごめんなさい。聞こえないわ」

「いや、だから僕は人族――って何してるんですか？」

僕の問いを聞いた途端、フィアー様は耳を塞いで拒絶しだした。

その場に座り込み背中を向けている、そりゃ聞こえないよ。……いや、聞きたくないのかな？

僕が前に回り込むと、今度は立ち上がって逃げるように走り出した。

「あーあー聞こえない。ええ、確かに私は人族が嫌いよ。今すぐ滅ぼしてやりたいくらい。狭い場所に封印されて、酷いこともたくさん言われたわ！　でもニノは人族じゃないから平気なのよ！」

「聞こえているじゃないですか！　僕は人族ですよ～！　最初に出会ったとき、フィアー様だって僕のことを人扱いしてましたよね～！」

「気のせい！　気のせいだったから!!　私の気のせい!!」

そう自分に言い聞かせるように、フィアー様は首を左右に振っていた。

どうやら彼女の中で、僕は都合よく人外として扱われているらしい。

「認めない認めない。こんな純粋無垢で、私たちを道具として見ていない、悪口も言わない、拒絶しない人族なんて存在しない。存在しないから！　これは何かの陰謀よ、うん、きっとニノは自分を人族だと思い込んでいる可哀想な亜人なのよ！」

呪詛《じゅそ》のようにブツブツと呟いている。よほど人が嫌いなのか、しまいには勝手に亜人として納得してしまった。

キングトロールに向けていた覇気はどこへやら、目がグルグルと回っていて焦点も合っていない。

って熱い——熱い熱い熱い。

また僕の身体に、どす黒い魔力が流れ込んできた。もしかして混乱して魔力を制御できていない⁉

「ちょ、ちょっと落ち着いて‼　落ち着いてよ、もういいから！　もう亜人でもいいから！　ねぇ、聞いてよフィアー‼　間違ってもまた地獄の門《ヘルズゲート》を開けないでよ⁉」

取り乱すフィアー様の肩を揺さぶる。

小さな身体が振り子のように揺れ、そして一瞬目が合った。

フィアー様はハッとした表情で、僕の顔を見つめている。

「あっ、今、私のことを呼び捨てにしたわね！」

「えっ、あっ……！　しまった‼」

直前の言葉を思い出す。確かに今の発言は、精霊様に対して不敬もいいところだ。

しかも結構強い語気で叫んでしまった気がする。今度は僕が焦る番だった。

……ところが、フィアー様はそこで何故か得意げな表情になる。

「――いいわ、それ。うん、私も何か物足りないと思っていたの。他の連中だったら消し炭にしてやるところだけど、特別にニノには許すわ。ふふふ、これはノートにも辿り着けなかった境地ね」

「えぇ……フィアー様……？」

「許すって言ってるでしょ‼　馬鹿にしてるの⁉」

「イタイイタイイタイ、わ、わかったよフィアー‼」

頬をつねられた。

危うく暴走した魔力を解き放つところだった。多分、次はダンジョンそのものが崩壊するだろう。キングトロールの末路を考えると、これは大袈裟な表現ではないと思う。

「ほら、扉も開いたし、さっさと奥に進むわよ！　ついて来なさい！」

上機嫌に先導するフィアー様——いや、フィアーを追いかける。

あの一連の流れが何だったのかと思うほど、コロコロと気分が変わっていた。

闇精霊とこうして直接触れ合った人族は多分、僕が最初の一人だろうけど……ここまで親しみやすい性格をしているとは、思いもしなかった。

これまで僕と関わりのある精霊様は、心優しいノート様ただ一人だった。

精霊様の多くは気難しくてプライドが高いらしく、精霊術師は常にご機嫌伺いの日々を過ごしている。

話によれば、呼び方一つで嫌われるのも日常茶飯事らしい。涙ながらにそう語る同志もいた。

かと思えば、呼び捨てにされて喜ぶ変わり者もここに存在する。

先の一戦がなければ、彼女が闇精霊だと言われても信じられなかっただろう。

出会った当初から、底知れなさは感じ取っていたけど。

「闇精霊か……街を案内して大丈夫なのかな？　急に滅ぼすとか言い出さないかなぁ……？」

フィアーとの出会いで、僕の人生に大きな転機が訪れた気がする。

精霊使いになったのもそうだけど、それ以上に価値のある何かを掴めた。そんな実感がある。

ただその分、不安も大きかった。

◇

「あれ、もう行き止まり？　部屋が一つしかない……？」

仕掛け扉の奥は、一つの通路と一つの小部屋だけで完結していた。

ダンジョンの終着点。そのはずなのに、部屋には何も痕跡がなかった。

お宝も、魔物も、そしてレイドさんとミスティさんの姿も。

「……おかしいよ。それじゃどうして二人はすぐに戻ってこなかったんだ？　どうして……！」

「ふーん、どうやら貴方、面白くないことに巻き込まれたみたいね」

フィアーは納得したように呟いた後、部屋の隅を指差す。

そこにはごく僅かな魔力の残滓を含んだ、黒い渦が浮いていた。

「転移の跡があるわ。そっちの壁にあるレバーは大広間の入口を閉じるものみたい。このダンジョン自体が、貴方を閉じ込めるのに使われた、仕組まれた罠って訳ね」

「な、何で……？　僕、二人に何もしていないよ？　閉じ込めてどうするつもりだったんだよ！」

「さぁ？　知らないけど、どうせくだらない理由なんでしょう。人族の考えることだもの」

フィアーはさもそれが当然かのように言い捨てた。

そんな気軽に犯罪に手を染める人が、同業者の先輩にいるだなんて信じたくない。

僕が二人と出会ったのだって、街で向こうからパーティに誘ってきたのが始まりだ。恨みを買うほどの付き合いすらないし、命まで狙ってくるのは理解できなかった。

しかもこんな回りくどいやり方。少なくとも二人の実力なら、僕一人を殺すことなんて容易《たやす》かったはずなのに。

……駄目だ、考えると頭が熱くなってきた。

「ちょっとニノ、大丈夫？　足元が覚束《おぼつか》ないわよ？」

「ご、ごめん。少し眩暈《めまい》が……」

僕は床に倒れ込むと、そのまま天井を仰ぎ見る。

全身の汗と震えが止まらない。寒気がしてきた。

「もう、だらしないわね――って貴方、凄い熱があるわ！」

「色々あったから……疲れが溜まっていたのかな……？　ごめんなさい……」

「違う、ニノは私の魔力に当てられたのよ。久々に暴れられるからって、調子に乗り過ぎたわ。人の身体では、そう簡単に闇属性に適応できないことを失念していたの……」

フィアーは僕の額を優しく撫でたのち立ち上がると、転移跡の前に移動する。

すると唐突に、黒い渦の中に腕を差し込んだ。グイグイと強引にこじ開けていく。

「閉じた門を再出現させるって……精霊様は無茶苦茶だよ……！」

「もう喋らなくていいわ、少しの辛抱よ。早く宿のベッドで休みましょう？　部屋が埋まっていたら、私がまた邪魔な連中を消し飛ばしてあげる」

「それはやめて……ね」

第三話　郷友

海鳥の鳴き声と潮の香りが、風に乗って窓のカーテンを静かに揺らしている。

ふかふかのベッドの上、時を忘れてぼんやりと白い天井を眺める。

ここは港街ポートセルト――にある一軒の宿。

街に帰り着いてから、三日が経っていた。

僕たちが潜っていたダンジョンからここまでは、本来なら馬車で半日ほどかかる距離だ。

でもフィアーが無理やりに転移門をこじ開けたので、実際は数分足らずで着いた。

『――そこの人族！　死にたくなかったら早く部屋を開けなさい!!　早く!!』

街に帰還した日、他の冒険者たちも滞在している宿で、フィアーが物怖じせず叫び出すので内心生きた心地がしなかった。

だけど、弱っている僕の姿を見て、宿の主人のおばちゃんがすぐ空き部屋に通してくれたのだった。

おかげでフィアーも暴れずに済んだので、心底ホッとしている。

それからというもの、彼女には甲斐甲斐《かいがい》しくお世話をしてもらっていた。

「やっと目が覚めた？」

僕が身体を起こすと、フィアーがそう言った。

「うん、これ以上寝てたら身体がなまっちゃうよ。それにフィアーも、じっとしてるのがつらくなってきたよね？」

「そうね、もう退屈過ぎて死にそうよ」

同じベッドに腰掛けているフィアーは、足をぶらつかせながら外の景色を眺めていた。

初日こそ、数百年振りの海だと大はしゃぎしていたのだけど、三日もすると飽きてしまったようだ。

どうやら僕が寝ている間でも外に出ず、ずっと一緒にいてくれたらしい。

ちなみに彼女のボロボロだった服も宿の人が補修してくれて、おまけに食事まで分けてもらえた。

美人って得だなあと思う。

「フィアーは優しいんだね。人が嫌いなのに、僕を気遣ってくれるなんて」

「ニノだから優しくしてあげているだけよ。他の人族だったら死んでも何とも思わないけど」

彼女の中で僕に対する感情の整理もついたみたいだ。

僕を素直に人族と認めて、その上でこれまでと同じように接してくれている。

凝り固まった価値観を壊すのは、そう簡単にできることじゃなかったはずだ。

「……フィアーって、男前だよね」

「どういう意味よ？　もしかして馬鹿にしてるの？」

「褒めてるんだよ――って、うわぁ⁉　やめてよ！」

「あ、コラッ！　逃げるだなんて生意気ね‼」

飛びついて頬をつまもうとしてくるフィアーを躱す。

僕も体力が戻ったので無抵抗のままではない。反撃とばかりに脇をくすぐる。

「ちょ、ちょっと何をす――やめっ、やめなさいって‼　もうっ‼　ニノのばかっ！　鬼畜！」

「あははは、やられてばかりだと思わないでよ！　僕だってやる時はやるんだから‼」

こういうスキンシップも今日が初めてじゃない。お互いの弱点は知り尽くしているのだ。

フィアーは毛布を盾にして、僕の攻撃を必死に防ごうとする。

でも体格差がある分、攻めに転ずれば有利だ。逃げ回って涙目になる精霊様は可愛かった。

そうやってしばらく二人でじゃれ合っていると、

『うるせぇぇぇぇ！　壁が薄いのに暴れるんじゃねぇよ‼』

『さっきからイチャイチャイチャイチャ、独り身の俺に対する嫌がらせか⁉』

隣の部屋から怒声が響いた。誰かが壁を拳で殴りつけている。

そして上の階からは床を踏みつける音と、男の悲しい台詞まで届いてきてしまった。

……うん、反省しないと。ちょっと騒ぎ過ぎた。

「何よ!? 文句があるなら全員まとめてかかってきなさいよ！ もれなく灰にしてあげるわ!!」

「お、落ち着こうよ！ 今のは僕たちが悪かったからね？ ねっ!?」

今にも殴り込みに行こうとするフィアーを取り押さえつつ、彼女の意識を逸らすために今日の予定を考える。

そういえば朝から何も食べていないことに気が付いた。

「とりあえず、もうお昼だしご飯食べに行かない？」

「……そうね、暴れたら私もお腹が空いたわ」

◇

宿には食堂がないらしく、必然的に街の市場に繰り出すことになった。

ポートセルトは、この辺りの土地では一番大きく栄えていて、各国の冒険者たちが集《つど》う街だ。

そして港街であるが故に、人だけでなく物も集まってくる。市場には見たことがない珍しい食材も多く並んでいた。

ただ僕も、当然だけどフィアーも満足に料理は作れないので、食材は諦めてとりあえず露店を巡る。

「うわぁ……人族がいっぱいいる……。燃やしたい……燃やしたい……」

「ほら、物騒なことを言ってないで、離れないように手を繫ごう」

「……うぅ」

手ではなく僕の腕にしがみ付いたフィアーと共に、人混みの中に入る。

目を離してもし彼女が暴走したら、今日で市場が閉鎖されるのではないかと、若干の恐怖もあった。

でも、力強く握られた腕を見る限りそれはなさそうだ。かなり我慢しているようだから、よほど人が嫌いなんだろう。

途中、暑くなってきたところで美味しそうなアイスを見つけた。

二つ購入し、別々の味を選択して分け合う。

ひと気の少ない場所を求め、市場のそばにある橋のたもとへ移動した。腰を下ろして、しばし休憩を取ることにする。

「ひゃっ！　……冷たいわ!!　ねぇ、これ凄い冷たくて甘いわ！」

「うん、美味しいね」

少し元気になったフィアーが、アイスを丁寧に舐《な》めている。

人が作る食べ物を今まで口にしたことがなかったらしい。反応が初々《ういうい》しくて微笑ましい。

大人しくしていると見た目相応の女の子だと思う。頬を緩ませて幸せそうな表情をしている。

こうして案内している僕も、この街に滞在してまだ数日程度の初心者だ。フィアーを楽しませられるか不安だったんだけど、満足してもらえたみたいでよかった。

あっ、そうそう。帰還できたので、あとでギルドに報告しに行かないと……。

——でも、それは明日でもいいかもしれない。

三日間も僕の休養に付き合わせてしまったんだ。今はフィアーを楽しませる方に専念しよう。


「——あれ、ここどこ？　人が多くてわからないよ～！　出口はどこ～！」

フィアーと並んでアイスを食べていると、橋の近くで右往左往している少女の姿が目に映った。

どうやら道がわかっていないようで、徐々に出口とは真逆の方向に流れていく。

市場は人通りも多く、露店が道を塞いでいたりもする。慣れていないと迷いやすい。

僕も初日はあんな感じで洗礼を受けたものだ。何だか親近感を覚える。

「うわ～ん。やっぱり一人で来るんじゃなかったぁ！　誰か～優しい人助けてください～！」

赤縁《あかぶち》の眼鏡をかけ、この暖かい日だというのに何故か、少し厚手の服を着た少女。

頭の後ろで括《くく》ってある、ウェーブがかった蒼髪が特徴的だった。泣き言を喚《わめ》いて注目を浴びている。

その場で跳ねたり、キョロキョロしたりと仕草は子供っぽいが、歳は僕とそこまで離れていなそうだ。

「ん……？　あれ、見覚えがあるような……？」

何かが引っかかって、僕は立ち上がった。

「どうしたの？　ニノも座って食べなさいよ。ほら、私の味ももっと食べない？」

フィアーの声も耳に入らないまま、迷子の少女の方に向かう。

橋のたもとから市場に戻り、一歩ずつ近付くにつれて懐かしい記憶が思い浮かんできた。やっぱりそうだ。

「……もしかしてフィリス？」

「えっ？　あっ、ニノ君だぁ‼」

◇

「……誰、コイツ」

少女を連れてフィアーの元に戻ると、いかにも不機嫌な声で迎えられた。

「僕の同郷の幼馴染《おさななじみ》、フィリスだよ。彼女も精霊術師なんだ」

「よろしくね、よろしくね！　……あれ、あれれ？　何で私を避けるのかなー？」

ニコニコと上機嫌に挨拶《あいさつ》をし、フィリスは手を差し出して握手を求める。

フィアーはアイス片手にそれを躱して、僕の背中に隠れてしまう。相当警戒しているようだ。

「馴れ馴れしいわよ！　ニノ、コイツを何とかしなさい！」

「ニノ君。このめちゃくちゃ可愛い子は誰？　もしかして彼女？　私に紹介してよ！」

「えっと……うーん。そうだなぁ……」

フィリスは目を輝かせながら尋ねてくる。

僕とフィアーの関係を説明するのはかなり難しい。

精霊と契約しました、属性は闇です。なんて、正直に話しても頭の病気と疑われかねない。

僕自身未だに実感が湧かないのだから、言われた方は尚更《なおさら》だろう。かといって、人前であんな闇魔法を披露する訳にもいかない。

というよりまず、あれ……？

「もしかしてフィリス……気付いてないの？」

「え？　何が？　フィアーちゃんが可愛いのは知ってるよ？」

「気安く私の名を呼ぶな!!　何なのよ！　鬱陶しい!!」

そう、フィリスも精霊術師なんだから、フィアーの正体にはすぐ気付くはずなのに、全くその様子がないのだ。

僕たちは普段から精霊様の力をお借りしている。今は街中だから魔力を抑えているとはいえ、目の前にいる精霊様に気が付かないというのは、いくら何でもおかしい。

……でもそういえば、フィリスって昔からそういう抜けたところがあったっけ。

「残念だけど、私とニノの関係は人族風情に語るものではないの。諦めてさっさと消えなさい！」

「ずるいよ～！　お姉ちゃんを仲間外れにしないでよ～!!」

「……私の話、聞こえているの？　だから消えなさいって――」

「そんなこと言わず。仲良くしよ？　ねっ？」

「いや、だから……！　コイツ……話が通じないの!?」

あのフィアーが気圧されていた。アイスを零《こぼ》し、服に染みを作りながら後ずさり。

フィリスは昔から押しが強く、誰とでも分《わ》け隔《へだ》てなく接することができる性格だった。いつも友人たちに囲まれていて、周囲には笑いが絶えない女の子。

僕も同じ精霊術師として、フィリスとは昔からよく遊んでいた記憶がある。

あれから数年経っても、変わらないでいてくれたことを嬉しく思った。

久しぶりに話しても気まずさを一切感じないのは、彼女の底抜けに明るい人柄のおかげだから。

「私、フィアーちゃんと仲良くなりたいな～。きっとウィズリィ様もそう仰ってると思うよ！」

フィリスはちらちらと様子を窺いながら、そんなことを言いだす。

ウィズリィ様とは、フィリスが昔から信仰している水の精霊様のことだ。

僕とは一切の接点がないけど、フィリス曰く一生懸命で可愛い、らしい。彼女自身も実際には出会っていないはずなので、あくまで勝手な想像だと思う。

「……ウィズリィねぇ。道理でさっきからジメジメとカビ臭《くさ》いにおいがすると思ったわ」

「む、ウィズリィ様の悪口を言われたら、さすがのお姉ちゃんも怒るよ？　むぅ、だよ？」

「私はもうとっくの昔に怒っているわよ！　むきぃぃ!!」

「うんうん。フィアーちゃんは怒っても可愛いね？」

「……フィリス。それは強過ぎるよ。無敵だよ」

フィアーは両腕を上げて威嚇《いかく》していた。最上位の魔物すらひれ伏す精霊の威光である。

それがフィリスにはまったく通用していなかった。きっと可愛いちびっこにしか映っていないんだろう。

「ほらほら！　私と友達になろう？　フィアーちゃん!!」

「いやあああああああああ!!」

僕の周りで追いかけっこを始める二人。

実は僕も、フィアーの違った一面が見られて楽しいだなんて、口が裂けても言えない。

フィリスも楽しそうだし。邪魔をするのは悪いだろう。

「ニノ!!　貴方、覚えてなさいよおおおおおおおお!!」

笑っていたら睨まれた。……あとでもう一個アイスを買ってあげよう、それで許して欲しい。

「はぁはぁ……どういう身体能力しているのよ……化け物ね……」

「化け物じゃなくて、フィリスお姉ちゃんって呼んで欲しいな。いいでしょ？　減るもんじゃないし」

「い、嫌よ……！　何故、私が人族風情に媚《こ》びないといけないの!!」

「ふふん、まだ追いかけっこ続けるの？　お姉ちゃんにはあと三段階の進化が残っているのだよ！」

「の、望むところよ……！」

フィリスは精霊術師の中でも特に、〝体力馬鹿〟と呼ばれるほどの身体能力を持っていた。

生まれ持った才能を間違えたのではないかと言われるくらいだ。

同年代の男でも本気で競ったら勝てない。僕なら勝負も避ける。

「何やってんだアイツら……馬鹿みたいにぐるぐるぐるぐる回ってらぁ」

「街の催し物か？　俺も参加してこようかな」

「ああ、今日は雲一つない麗《うら》らかな日差しだからな。この陽気に誘われて日陰から変なのも出てくるんだろうな」

気付くと橋の上に、多くの野次馬が集まっていた。

二人の美少女が男の周りで本気で走り回っているんだ。そりゃ誰だって気になって足を止めるだろう。

「ほーらほーら、捕まえて抱きついちゃうぞ〜！」

「いやあああああああああ、誰かどうにかしてよおおおおおお!!」

フィアーの可愛いらしい叫び声が街中に響いていた。

◇

「ニノ君も大きくなったよね～。村を離れてもう三年だったっけ？　何歳になったの？」

「十五だよ――いやいや、フィリスも同い年だったよね!?」

「ふふん～残念でした。私、今十六だもんね～。一つ上のお姉ちゃんなのだよ！」

腰に手を当て、胸を張って威張るフィリス。

姉らしい威厳をあまり感じないのは、その性格だからだろうか。

あの後、僕たちはそのまま合流して三人で市場を散策することにしていた。

「……生まれてくるのが少し早かっただけでしょ？　どうせすぐに追いつくよ」

「ちっちっち、甘いよニノ君。歳の差は絶対に埋まることはないのだよ。ニノ君が大きくなるにしたがって、私も日々成長していくからね！」

「うぅん……うるさいわね……静かにしてよ……ふぁ」

フィアーは追いかけっこで疲れたのか、僕の背中におぶわれて、眠そうに顔をうずめている。その身体は羽毛のように軽く、負担は感じなかった。

フィリスはその様子を涙ながらに眺める。本当に表情がころころ変わる子だ。

「こんなに可愛い子が迷子だなんて……！　記憶を失うほどつらい目に遭ってきたんだね……」

「そ、そうなんだよ～。大変だよね……！」

フィアーの正体がバレると色々と厄介なので、「森で迷子になっていた、記憶喪失で人族嫌いの可哀想な少女」として、僕が保護したことにしておいた。

冒険者仲間と説明するのが一番楽なのだけど、もしギルドで照会されたら困るので、苦肉の策だ。

相当設定が込み入っていたのに、フィリスは本気で信じているようだった。

「お姉ちゃんも協力するから！　フィアーちゃんが無事に故郷に戻れるように！」

「余計なお世話よ……！　まったく……！」

可哀想な扱いになってしまったフィアーには、さっき三段アイスをご馳走しておいた。

それで納得してくれたのか、今はこうして大人しくなっている。

「ところで、フィリスはどうしてポートセルトに？　魔法書でも買いに来たの？」

再会した幼馴染に素朴な疑問をぶつける。

僕たちの故郷に住む人が、買い出しにこの街を訪れるのは珍しい。

あの村は土地に恵まれていて、自給自足の生活を送れるくらいには栄えている。それに街の行商人が定期的に各地を回っているので、わざわざここまで足を運ぶ必要がないのだ。

せいぜい、最先端の衣料品や嗜好品《しこうひん》を買い揃える時くらいか。でも、フィリスはあまり着飾るような性格でもなかったはず。あくまで僕の勝手な印象だけど。

「えーっと……実は私も、ついさっき冒険者ギルドで仮登録の受付を済ませたところなんだよね。と、いうことなので今は二ノ君の後輩なのです！　お姉ちゃんだけど！」

「えっ？　嘘!?」

「本当だよ」

これは想定外だった。何故なら故郷の村では、冒険者に憧れていたのは僕一人だけだったから。

他の人たちは反対の立場にいたし、だからこそ単身で飛び出してきたんだ。

当然フィリスからも、真剣に引き止められた記憶がある。

そんな彼女も、今や冒険者になるというのだ。

「元々は大きな都市に行って、精霊術師の研究機関にでも入ろうかと思ってたんだけどね。どうしてもニノ君のことが忘れられなくて……」

「僕のこと？　何で？」

フィリスは目を閉じて、大切な思い出を振り返るように口にした。

「ニノ君、村にいた頃はいつも、大地の精霊様のために僕は冒険者になるんだーって話していたよね。当時は私もすっごく反対していたけど、あの時のニノ君の輝いた表情を思い出すとね……。私も走りたい気持ちになっちゃって」

「……そのまま突っ走ってきたの？」

「うむ、その通りなのだよ。責任取って？」

眼鏡をあげて僕に微笑みかけるフィリス。

なるほど、村の若い男たちから好かれていただけあって破壊力がある。

ちなみに彼女の眼鏡はただの装飾で、度は入っていない。僕が昔、彼女の誕生日にあげたおもちゃみたいなものだ。

それを今でも大切にしてくれていることは嬉しかった。だけど――

「僕に色目なんて通用しないよ？　思い付きで飛び出してきた幼馴染を甘やかすつもりはないからね？」

「え、駄目？　私あのお店のお肉が食べたいな～。ニノ君～？」

案の定フィリスは僕の腕を掴み、上目遣いでお肉をねだりだす。

どうやら懐《ふところ》具合も悪いらしい。昔から計画性がないから……。

僕が言えた義理じゃないけど、冒険者は軽い気持ちでなるものじゃない。命懸けの仕事だ。

フィリスのことだから茶化している部分もあるだろうが、ちょっと心配になる。

「くっつかないでよ、暑いよ！　僕に甘えても何も出ないから!!」

「ちぇっ、いいもん。そのうち沢山稼いで、ニノ君もフィアーちゃんも私が買い取っちゃうもんね～！　そんでもってウィズリィ様も見つけて、みんなで暮らすのがお姉ちゃんの野望なのだ！」

「どんな野望だよ！　人身売買は違法だからね!?」

◇

市場を抜けた先は、視界一杯に広がる海岸線だった。

陽の光を反射して、白く宝石のように輝く砂浜。海で泳ぐ人たちの姿もたくさん見受けられる。

観光客を狙った露店も立ち並んでいて、鼻孔《びこう》をくすぐる美味しそうな匂いを漂わせていた。

「あーいいなぁ。私もいつかウィズリィ様と一緒に泳ぎたいな〜！」

「見てフィアー、砂浜だよ？　歩いてみる？」

「そうね。そろそろ腕が痛くなってきたし――って熱っ熱い！　やっぱり戻る！」

素足のまま砂を踏みしめてしまったフィアーは、慌てて僕の背中に帰ってきた。その様子を見てフィリスが腹を抱えて笑っていた。

「……そこ、何笑ってるのよ！」

フィアーは顔を真っ赤にして睨む。

人嫌いを自称している割には、感情を赤裸々《せきらら》に出しているなと思う。フィリスも僕と同じ精霊術師だからだろうか。案外、二人はいい関係に落ち着きそうだ。

ひとまず、このままでは可哀想だったので、露店で子供用の小さな靴を買った。

そして今度こそ、フィアーはゆっくりと砂浜に足を下ろす。

「じゃりじゃり音がする……少し歩きにくいわね」

「ここでもう一度追いかけっこでもする？　お姉ちゃん本気を出しちゃうよ？」

「お断りよ、一人で走ってなさい！」

「じゃあ見ててね！」

「あっ、ちょっと――行っちゃったよ。元気だなぁ」

フィリスは本当に一人で走り出してしまった。

砂の上を全速力で駆け抜ける姿に、周りの観光客も度肝《どぎも》を抜かれて視線を向ける。

あっという間に、遥か先にある丘の上にまで辿り着いていた。今や小さな黒い影しか見えない。

「おーい！　ここから見える景色凄いよ～！　早くおいで～」

何やら飛び跳ねているらしい人影から、声が聞こえてくる。

「速過ぎるよ！　ちょっと待ってて！　……声、届いてるのかな？」

フィリスは戦士や騎士みたいな、前衛職を目指した方がいいと思う。

あの身体能力で後衛をするのは勿体ない。特に彼女の専門である水属性は、戦闘の支援職で重宝される属性だし。

まぁ、そういう僕も前衛向きじゃないのに盾役やってますけど。

「あんな馬鹿な人族、初めて見たわ。ウィズリィもよく力を貸しているわね」

「悲しいけど、馬鹿を否定する材料はないんだよね……」

お互い愚痴を零しながら、フィリスの数倍の時間をかけて丘を登り切る。

フィリスの言っていた通り、上から眺める景色は素晴らしかった。広大な海はもちろん、街の盛況な市場も、休憩していた橋も、ここからよく見える。

そして近くには、立派な庭付きの屋敷が立ち並んでいた。どうやらこの辺りは、街の一等地らしい。

「いつかこんなところに住んでみたいよね。私も頑張ってお金を稼がないと！」

フィリスの野望（？）のためには、確かに広めの家が必要だ。でもさすがにここまでのお屋敷は、僕たちには分不相応過ぎる。

数十人が宿泊できる宿よりも、さらに大きい。きっと想像もつかないくらいのお値段なんだろう。……確かに羨ましいけど。

「まぁその前にまず、冒険者の認定試験を受けないと駄目なんだけどね。私は明日受ける予定なんだけど……ニノ君はどんな感じだった？　先輩として教えて欲しいな」

「認定試験か……はぁ……」

「どうしたの？　あれ？　ニノ君はもう受かったんじゃないの？」

「あはは……」

フィリスの疑問に、僕は笑って誤魔化すしかなかった。

ベテランのパーティに加わり、一定の戦果を挙げてリーダーから推薦を貰う、認定試験。

戦果と言っても、通常であれば最初から活躍を求められることはないはずだった。

現場の空気を実際に肌で体感させることが目的であり、ベテランがつくのも新人が無茶をしないように監視しておくためだ。

いきなり実戦の前衛に放り込むレイドさんたちが、普通じゃなかったのだと今では思う。

ともあれギルドの制度としては、この試験で推薦を貰えないと話にならない。

僕も、その試験を受けている最中だった。そしてそこで、ダンジョンに置いて行かれたんだ。

行方知れずのレイドさんとミスティさんを思い出すと、憂鬱になってきた。

はぁ……明日こそはギルドに報告しに行かないと。

第四話　疑惑

冒険者ギルドは、街の中心部に近い場所にある。泊まっている宿からでも無理なく歩いていける距離だ。

市場に隣接していて行き交う人も多く、表通りは装備を着込んだ冒険者たちで溢れ返っていた。

通りに面した酒場には、昼間から酒を飲み交わしたり、大声で泣きだしたりする大人たちの姿。

路上にも鋭い目つきで何かを物色する者、大勢の前で踊りだす者、はたまた物乞いにいたるまで。

どこを向いても賑やかで、そして騒がしい光景が広がっている。

フィリスと出会った翌日の今日。僕とフィアーも気合を入れてその中に混ざり、そして奥へ奥へと進んで行った。

「おーい。ニノ君～！　昨日振りだね！　もしかして、ギルドに行くのかな？」

「げっ……またアイツが来たわ！」

人混みの合間からフィリスが手を振って、駆け寄ってきた。

フィアーが瞬時に僕の背中に移動する。そこまで苦手意識を持たなくても。

「そのつもりだけど。フィリスはこれから認定試験？」

「そうそう。あれから優しそうな先輩方に拾ってもらったんだ。今は出発前に最後の調整中！」

フィリスは両手に焼きたてのパンを抱えて、調整とは名ばかりの買い食いを楽しんでいた。

身体のコンディションを整えるのも重要だけど、もっと他にやるべきことがある気がする。

例えば、同行者の先輩方と交流を深めたりとか。……その重要性を僕は今とても痛感している。

「う～ん。お肉の汁が、硬めのパンに染み込んで美味しい！　あ、ニノ君もよかったら食べる？」

「フィリスは自分で料理とかしないの？　お金に困っているなら、自炊した方が節約になると思うよ。……食事は来る途中で済ませてきたから大丈夫。ありがとう」

「料理かぁ……。作るのは嫌いじゃないんだけどね。一度、宿の食堂を借りてみんなに手料理をご馳走して以来、何故か私はキッチンに入るのを禁止にされちゃったんだよね。だから基本外食！」

「えぇ……フィリス、一体何をしたの？　もしかして変な物とか混ぜた？」

「そんなわけないよ！　家でお母さんにちゃんと教わったもん。お前は包丁の扱い〝だけ〟は上手いって褒められたこともあるんだから！」

「それ、本当に褒められてる？　貶《けな》されてない？」

「私のお母さんが褒めるなんて、滅多にないんだから！　ニノ君だって知ってるでしょ？　そんなに疑わないでよ～！」

「そ、そうだね」

微妙に納得しがたいけど……まあいいか。これ以上、掘り下げるような内容でもないし、というか怖いし。

こうも自信満々に答えられると、「そうだね」としか答えようがない。

「街の外に出たら、魔物と戦うことだってあるんだから、食べるのも程々にね。満腹で動けないとか、先輩方に迷惑をかけたら駄目だよ？　怒られてダンジョン最下層に閉じ込められても知らないよ」

「大丈夫大丈夫。私、結構強いし。冒険者になる前から魔物なんて簡単に蹴散らしていたから。……閉じ込められるって、何それ？　もしかして冒険者って失敗したら懲罰とかあったりするの？」

「そんなものはないし、ただの冗談だよ。……うん」

「……？　変なニノ君」

フィリスは首を傾げている。当然の反応だと思う。

実際に閉じ込められた経験があると伝えても、信じてもらえないだろうなぁ。

ちなみに彼女の水の精霊術師としての実力は、幼馴染の僕が一番理解している。きっと何事もなく試験に合格できるはず。

心配なのは実力よりも、その楽観的な性格だ。僕みたいに変な事故に巻き込まれなきゃいいけど。

「もーう、ニノ君も心配症だね。先輩は優しい人たちだって言ってるのに」

フィリスは聞き分けの悪い弟に接するように、困った表情を見せながら笑う。

優しい先輩か、それはとても羨ましい限りだ。フィリスのことだし、きっと僕より上手く立ち回るだろう。

あんまり心配し過ぎるとかえって迷惑になるのかもしれない。

「わかった、もうこれ以上は何も言わないよ。気を付けてね。いい報告を待ってるよ」

「うん。ニノ君にそう言ってもらえると元気が出てくるよ！」

フィリスは拳を握って気合を入れていた。

そこへ横合いから声がかかる。

「おーい。フィリス～！　お互い頑張ろうね～！」

「先に行ってくるからな！　馬鹿やらかして怪我なんかするなよ！」

「今のうちに言っとくが、合格祝いの宴会は俺たちが準備するからな！　お前は絶対に手を出すなよ!!」

ちょうど傍を通りがかった年若い新人たちが、僕と同じように励ましを贈っていった。少し大きめの、真新しい装備を身に着けて。

彼らもきっと、これから認定試験を受けるところなんだろう。

「みんな～！　応援してるからね～！　私も頑張るから！　すぐに続くよ～！」

フィリスも元気よくそれに応えていた。故郷を離れても、幼馴染は人気者だった。

「仲が良さそうだったけど……全員フィリスの知り合い？」

「みんな一緒の宿に泊まっている子たちだよ。お話ししているうちに仲良くなったんだ。――あの子はね、両親を楽させるために冒険者になるんだって。あっちの男の子は将来騎士を目指しているんだけど、見聞を広めたいから騎士学校じゃなく冒険者を選んだみたい。それからそれから――」

フィリスは一人一人の説明を詳細に語ってくれる。

正直、そのほとんどは僕には覚え切れなかったけど、大切な、熱いものはちゃんと伝わってくる。

近年、冒険者は爆発的に増えているらしい。今や世界中で人気の職業だ。

みんな、何かしらの夢を抱いてこの街にやってきたんだろう。曇りのない表情を見ていればよくわかる。

――僕だってそれは同じだから。

今後のことで少し憂鬱気味だったけど、とても元気を貰えた。

「……ここでフィリスと会えてよかったよ。ありがとう。さぁフィアー、僕たちもそろそろ行こうか！　他の新人たちに負けてられないよ！」

「べー！　お前なんて怖くないから!!　ただニノの背中の居心地がよかっただけよ！　ずっと隠れていたわけじゃないから、覚えてなさいよ!!」

こそこそと気配を消していたフィアーを捕まえて、僕たちはフィリスにしばしの別れを告げる。

悲観的になってもいいことはない。彼女に倣《なら》って僕も明るく、前向きにならないと。

「ん？　よくわからないけど。どういたしまして？」

首を傾げるフィリスに見送られつつ、僕たちはその場を後にした。

◇

「あのうるさい人族とやっと別れたと思ったら、今度はむさ苦しい奴がいっぱい……うぅ、嫌になる」

「ごめんね、でも我慢して。あとで何でもフィアーのお願いを聞いてあげるから」

ギルドの建物の前に着くと、フィアーは苦しそうに鼻をつまんで、身体を小さくしていた。

「ニノがそこまで言うなら……うぇ、人族の酷いにおい。こっち見るな……！」

屈強な冒険者たちの中に子供が迷い込んでいるみたいなものなので、当然目立つ。

人族嫌いの精霊様をここに連れてくるのは可哀想だったけど、宿に置いていくのも心配だった。

……戻ったときに宿が消し飛んでいたら嫌だし。

僕はフィアーを庇《かば》いながら、ギルドの扉を開けた。

内部は広く石造りで、宮殿のように硬派な印象。そして、白く光り輝いていた。

職人業《わざ》で磨かれた床を、汚れた靴で歩くのが躊躇《ためら》われるくらいだ。

「おい！　今日までにまとめておく資料はどうなっているんだ！　どこにも見当たらないぞ!?」

「ごめんなさーい！　まだ終わってませーん!!」

「ちょっと誰よ、預かっていた火蜥蜴《ひとかげ》の尻尾を爆発させたのは！　外気に触れさせたら駄目だって教えていたでしょ!!　これは始末書ものよ!?」

「こらこら！　そこの新人ども!!　武器を抜き身で持ち歩くな、危ないだろ!!」

整った制服姿で忙《せわ》しなく動き回る職員たち。あちこちから怒声や誰かを呼ぶ声、爆発音すら聞こえてくる。

耳を塞いでいないと頭が痛くなってくる。ある意味、ここは戦場だった。

入った正面にある掲示板《クエストボード》には、人だかりができていた。

みんな我先にと、手頃な依頼の紙を持って受付に殺到する。ちゃんと内容を読んでいるんだろうか？

出遅れた人たちもそこに加わり、拳のぶつかり合いまで始まっている有様だ。

「う～ん！　いつ来ても賑やかで、最高の雰囲気だよ。僕も燃えてきた！」

「う、嘘でしょ……？　ニノ、貴方ちょっとおかしいわよ……？　冷静になりなさい！」

「僕はいたって冷静だよ？」

「……手遅れね」

フィアーは顔を引き攣《つ》らせて、正気じゃないと引いていた。

だけど僕と同じ気持ちの人たちが、ギルドにはたくさん集まってきているんだ。

冒険者たちはやる気で熱く燃え滾《たぎ》っている。誰もが真剣で、輝いていた。この混沌とした空気に触れているだけで、一人前の冒険者の気分になる。

僕はまだ新人だけど、気持ちだけは彼らに負けていない。

「さて、お目当ての人はどこかな……？」

人の波でごった返すギルド内で、目的の職員さんを捜す。

僕のような新人の担当窓口は隅っこの方に設けられていて、中央に比べると人も疎《まば》らで少ない。

「もう無理、限界よ!!　私が、私でなくなるわ!!」

フィアーは一人走り出すと、来客用の座席の下に隠れてしまった。

怒られないか心配だったけど、それ以上に騒がしい人が多いので、誰の目にも触れられていない。

しばらくそっとしておくことにした。それが彼女のためであり、ひいてはギルドのためでもある。

そんなことを考えていると——

「お、おおおおお!!　ニノ、お前はあああああああああ!!」

「この声はザイルさん！　どうも、ご無沙汰で——って、うわあああ!?」

お目当ての人物を発見。と、同時にその人物がいきなり掴みかかってきた。

制服がはち切れんばかりに膨らんだ、筋骨隆々で暑苦しい角刈りのお兄さん——三十四歳。

他の冒険者たちに負けず劣らず、恵まれた肉体を持ちながら、何故か彼は事務仕事をしている。

今はどうしてか目が血走っていて、非常に恐ろしい形相をしていた。……こ、怖い。

「落ち着いてください！　何があったんですか!?」

「何があったもクソもあるか！　ニノ、お前今まで——どこに逃げてたんだよ!?」

「え？　……逃げて……た？　僕がですか？」

「お前以外に誰がいるって言うんだ！　それともなんだ、偽名か？　そこも逃げてたのか？」

ザイルさんは何度もむせながら、僕の身体を執拗《しつよう》に揺らす。

一体何が彼をここまで突き動かしているのかわからない。ただ、責められていることだけは理解できた。

確かに寝込んでいたのもあって、報告に来るのは遅れてしまった。それは僕の落ち度だけども。

これほどの剣幕で詰め寄られるのは予想外だった。

「レイドさんから伺ったぞ！　お前、ダンジョン攻略の途中でビビって逃げたらしいな？　それで行方不明になるって馬鹿だろ⁉　ギルドから捜索隊も出ていたんだぞ⁉　あと一日遅れれば死亡認定されるところだったんだ！　それでノコノコと戻ってきて何があったって、そりゃ怒るに決まってんだろ‼」

「え……？　えええええええええ⁉」

ザイルさんはベテランのギルド職員なだけあって、慌てていても聞き取りやすい、ハッキリとした口調で話してくれる。

だけど今ばかりは、その内容のほとんどが理解に苦しむものだった。

僕が逃げた？

あと一日で死亡扱い？

「それ、誤解だと思うんですけど……！」

とにかく、一つ一つ整理していかないと。

◇

「――つまりお前は、レイドさんに嵌《は》められてダンジョンに閉じ込められたってことか？」

「端的に言えばそうです」

今日までの出来事をわかりやすく説明したはずだけど、ザイルさんの表情は渋いままだった。

腕を組み、指で机を叩きながらじっと僕の顔を睨んでいる。ミスティさんの十倍怖い。

「で、その話を聞いて信じてくれる人がいると思うのか？」

「まぁ……無理じゃないですかね？」

「わかっているじゃないか。誰が聞いても逃げた言い訳にしか聞こえてこないぞ？」

まさしくその通りだった。

今の僕は完全に臆病者と見なされている。おかげで、全てが言い訳に聞こえてしまう。

無理を押してでも、帰還してすぐに報告に行くべきだった。時間が空いたから余計に作り話感が強くなっている。

それにしても酷い仕打ちだ。どこまで僕はレイドさんたちに恨まれていたんだろうか。

「それに、閉じ込められたって話なら、どうやって戻ってきたんだ？　お前、転移石持ってないだろ？」

「うぐっ……」

その説明のためには、今度は精霊様の話をしなければいけなくなる。

だけど、フィアーが闇精霊で門をこじ開けてくれました、なんて伝えたら拳で殴られそうだ。

状況は圧倒的に不利。僕の話には証拠もなければ何より――

「――んで、レイドさんがお前を閉じ込めて何の得があるんだ。聞いていて訳がわからんぞ？」

「まったくもってその通りです……！」

そうだ、結局のところそこに行き着く。二人には僕を閉じ込める理由がないんだ。

根っからの殺人狂とかなら話は別だけど、それにしたって不可解な点が多過ぎる。

「……恐怖から逃げてしまったのが恥ずかしいという気持ちはわかる。俺も何人もの新人を見てきたからな。珍しい話でもない。危険を察して逃げるのもある種、冒険者に必要な技能ではある……。だがな、偉大な先輩方を困らせるようなことをしてはいけないぞ？　そもそもお前は――」

気が付くと、ザイルさんは説教態勢に入っていた。

新人を相手に長年教育係を務めていただけあって、一度始まると止まらなくなる。

僕が初めてここを訪れた時には、馬鹿正直に二時間も付き合ってしまった。しかも他人の巻き添えで。

「レイドさんはな、昔からこの街のギルドで活動していて、多大な貢献をしてくださったんだ」

「そ、そうらしいですね……」

適当に相槌を打っておく。

一緒に行動していた時を思い出す限り、ザイルさんが言うほどの立派な人物だった覚えはない。

一体、どこの誰の話をしているんだろうか。

後ろで僕の戦いをただ嘲笑《あざわら》うだけで、一切手伝ってくれなかったような気が……。

ミスティさんも含めて、あの過酷なダンジョン探索は思い出すだけで胃が痛くなる。

そんな僕をよそに、ザイルさんの話は続く。

「――あの人は仲間を失ってもだな、新人のために現場復帰してくれた、心優しい方なんだぞ？　それをお前は、事もあろうに犯罪者扱いまでして、失礼だと思わないのか？」

「……え？」

それは初耳だ。……仲間を失った？

レイドさんの過去の輝かしい功績については、僕もパーティを組む直前に書類で見せてもらった。単独で火龍を倒し、賊を捕まえ、街から感謝状を受け取ったこともある一流の冒険者。

だけど当然、そこには陰の部分は載せられていない。

「何だニノ。お前、パーティを組んでいたのに知らなかったのか？　信用されていないんだな……」

「それ、詳しく教えてください！」

「う、うーむ。まぁ、あまり大きな声で話す内容ではないが……」

ここだけの話だからな、と一言添えてから、ザイルさんは語りだす。

「レイドさんは過去に親友を一人、あと、お前みたいな新人をもう一人失っているんだよ。でもあれは仕方がなかった。本来安全だった地域に、突然変異した新種の魔物が現れてな。それはもうかなりの激戦だったらしい……」

「そんなことが……」

「あの時のレイドさんの悲しみようと言ったら、傍にいた俺たちも貰い泣きしてしまったくらいだ」

ザイルさんは当時を思い出したのか、男泣きしている。

仲間の死に涙を流す人情がありながら、何故僕のことをあんな場所に見捨てていったんだろうか。

喪失の痛みを知ったから、個人に深入りしないようにした？　可能性としてはありえるけど。

「それで一度、彼は冒険者を退《しりぞ》いてしまったんだよ。確か、一年ほどだったかな？」

「一年ですか……長いですね」

「仲間を失った悲しみは、そう簡単に癒《い》えるものじゃない。復帰してくださっただけでも立派なもんだよ。俺だけじゃなく、街の人たちも喜んで歓迎したものさ」

「そうなんですね……」

今の僕には想像もつかない話だ。

仲間を失い、深い悲しみを背負って一度は剣を折っている。

一年間の療養中もきっと、彼は多くの人から信頼と励ましの言葉を受け取っていたはずなんだ。

ザイルさんの話を聞いているだけで、それはとても強く伝わってくる。

腕利きの戦士として期待されていたからこそ、それに応えられない苦しみは計り知れない。

もう一度現場に復帰しようと考えたのも頷けるが……。

ただ、果たして戻ってきた男は、かつての冒険者《レイド》と同じだったのだろうか。

輝かしい夢や希望を持った新人と比べても、遜色《そんしょく》ないほどの確固たる信念が残っていたのだろうか？

僕には……とてもそうは思えない。

「ところで、その間の稼ぎはどうしていたんですかね？　一年間も休止していたら……あ、でも普通は蓄《たくわ》えがあるのか」

レイドさんは街でも指折りの優秀な戦士だった。

普段の稼ぎもそれなりにあっただろうし、一年くらい隠居していても問題はなさそうだ。

「いや、それがだな。レイドさんはちょうどその頃、新居を建てたばかりでな。丘の上の立派な屋敷らしいが、その返済に相当苦労していたらしい。タイミングが悪かったんだな……」

あの一等地に？　そうなると全盛期は相当稼いでいたのか。

まさかあんな所にレイドさんの家があったとは。……鉢合わせしなくてよかった。

「でも借金を抱えて一年の隠居生活って、つらくないですか？　他に仕事があれば話は別ですけど」

「俺も詳しくは知らんが、レイドさんには将来を約束した女性も居たみたいだからな。二人で何とか工面《くめん》したんだろう」

女性、つまりミスティさんのことかな。

あの二人、そういう仲だというのはわかっていたけど、結婚する予定だったのか。確かに性格的にお似合いだとは思う。

「それにギルドから見舞金も出たしな」

「……見舞金？」

「まぁこれは新人のお前なら知らなくて当然だが、ベテランの冒険者には色々と手厚い保障があるんだよ。例えば仲間を失って生き残った者には、立ち直ってもらうためにある程度まとまった金額をギルド側から出したりな。現金な話だが、こちらとしても腕利きの冒険者に簡単に辞めてもらっては困るんだよ」

曰く、仲間を失って引退する冒険者は少なくないらしい。

レイドさんにも当然、亡くした二人分の見舞金が入っていたんだろう。

「ん？　もしかして、それって僕みたいな新人が死んだとしても適用されます？」

「そりゃあ……未来ある若人《わこうど》を失くし、責任を感じて剣を折るだなんてよくある話だしな、当然出るぞ。そもそも認定試験は、こちらからベテランの方に頭を下げてお願いしている立場なんだ。ちゃんと依頼料だって出しているんだからな？」

年々増加する冒険者の志望者数にギルドも対応が追いつかず、有志に協力をお願いしているらしい。

――でもこれって、制度を悪用して不正にお金を得ようとする人が現れても、おかしくないんじゃないか？

特に新人は無茶をするものだし、適当な死因をでっちあげても気付かれにくいだろう。

実際、僕もその一人になりかけていた。……ただ、そこまでするか？　という疑問も残る。

しっかりとした過去の実績があるんだから、普通の討伐や探索の依頼をこなす方が稼げそうだ。

「おい待てニノ、まさかそれが理由だとか言うんじゃないだろうな？　少なくとも依頼したのは五年以上この街で活動してきた、信頼できるベテランの方々だけだぞ⁉」

ザイルさんがまた掴みかかる勢いで、僕に詰め寄ってきた。

ギルド職員として彼らを心から信頼しているんだろう。でも、悪いけど今は関係のない話だ。

外見なんていくらでも装える。人の本心なんて、どれだけ長い付き合いがあろうと、簡単に理解できるようなものじゃないはずだ。

僕は本音を喉の奥に引っ込める。

そして、何もわからない子供のように、おどけてみせる。

「ははは、そんな訳ないじゃないですか。そもそも犯罪に手を染めなくても、レイドさんは自力で稼げますよね？　僕より立派な実績のある冒険者なんですから！」

「……そうだ。その通りだ！　よくわかっているじゃないか！　やっと理解してくれたか！」

ザイルさんは僕が間違いを認めたと思い込んで、すっかり上機嫌になった。

「……話は変わりますが、レイドさんのここ数年の依頼経歴を見せてもらってもいいですか？」

「ふっ、そうか。偉大な先輩を深く知りたいんだな？　よしよし。いい心掛けだぞ」

「そんなところです」

心にもないことを言って、ザイルさんから書類を受け取る。

輝かしい経歴の数々。貢献者であるレイドさんの名前が続いていく。

ほとんどがパーティを組んでいたけど、単独でも確かに多くの成果を残していた。

そして突然の一年の空白。

復帰後は、ミスティさんの名前も目立つようになる。

元々、過去にも何度かパーティを組んでいたらしいけど、ここ最近はずっと他の人の名前がない。

依頼内容を問わず、二人だけでこなしているみたいだ。

——読み通していくと、徐々に点と点が線で繋がっていく。

「そうか、なるほどね。はぁ……僕も初《しょ》っ端《ぱな》から変なのに巻き込まれちゃったな……」

「どうしたんだ？」

「いえ、何でもないです。とにかくレイドさんに謝ってきますね。資料ありがとうございます」

ザイルさんにお礼を告げて席を立つ。

あとは直接本人に問いただすだけだ。居場所は丘の上の一等地の屋敷なのはわかっている。

もしかしたら最悪、戦うことになるかもしれない。

相手は熟練の冒険者だ、準備だけはしっかりしておこう。

あとフィアーも忘れずに拾っていかないと。見ると、まだ椅子の下に隠れている。

「レイドさんに会うつもりなら、残念だが彼らはこの街をさっき出たばかりだぞ？」

「え、入れ違いですか？　どこに向かったんですか？」

僕が尋ねると、ザイルさんは別の資料を引っ張り出し、そして教えてくれた。

「また他の新人の認定試験に向かわれてたぞ、確か、お前と同じ――精霊術師の少女だったかな」

◇

全速力で沼地を駆け抜ける。胸が苦しくなるのを我慢して。

霧のかかった深い森の中、地面のぬかるみを避け、足を取られないように細心の注意を払う。

ポートセルトの南に位置する、ニブルクル樹海。

ここは昔から地盤が緩く、水はけも悪いため、底無し沼がそこかしこにある。立ち枯れた木々が並び、魔物すら棲み着かない不毛の土地として有名だった。

決して、試験だとしても新人を連れていくような場所じゃない。

一体、どうしてギルドは許可を出してしまったのか。

人を信用するにしたって、少しは不審に思わなかったんだろうか。

「……焦っているみたいだけど、そんなにあのうるさい人族が大切なの？」

隣で軽々と併走するフィアーが、そんなことを聞いてくる。

人だらけの街から離れられて元気になったのか、彼女はすっかり顔色も良くなっていた。

「当然だよ、フィリスは大切な幼馴染なんだから！」

僕は数瞬の躊躇《ためら》いもなく答える。

いつも年上ぶっていて、ドジで馬鹿で少し騒がしい。だけど、かけがえのない大切な友人だ。

もしフィリスの身に何かあれば、間に合わなければ、僕は自分を許せなくなる。

「ふーん。ニノがそこまで言うのなら……協力してあげてもいいわ」

フィアーは突然、立ち止まると静かに目を閉じた。

何らかの結界を張っているのか、魔力の余波で髪が浮かび上がり、周囲の空気が変わった。

「……あのうるさい人族、水の精霊術師だったわよね。それならウィズリィの反応を探す」

フィアー曰く、僕たちには精霊様の匂いが染みついているらしい。

匂いといってもそれは、実際には魔力の痕跡の一部であり、同じ種族でもなければ気付けない些《さ》細《さい》なものなんだとか。

そういえば僕も最初に出会った時に、土臭いと言われたっけ。

「……見つけた。距離はそう離れていないわ、ついてきて！」

先導するフィアーの後を追う。

その足取りに迷いはなく、視界の悪い霧の中でも心強い道標《みちしるべ》になってくれた。

これで確実に、フィリスの元に辿り着けるはず。

「とにかく無事でいてよ……！」

僕は祈るようにして沼地を走り抜けた。

第五話　堕《お》ちた冒険者

「……嘘でしょ⁉　アイツ、本当に化けて出てきたわ⁉」

ウィズリィ様の反応を追っていたら、先に件《くだん》の二人と遭遇してしまった。

樹海の中でも少し開けた場所。休息を取っていたのか、倒木の上に腰掛けている。

「ほーう、あの密室空間から脱出できたのか。甘っちょろい新人だと思っていたが、やるじゃねぇか」

僕の姿を見て少し驚いた様子で、それでも冷静さを保ちつつレイドさんが笑う。

対してミスティさんは若干、顔が引き攣っていた。まるで死人でも見つけたかのような反応だ。

それもそうだろう。彼らにとって、僕の命運はあそこで尽きているはずだったんだから。

「ど、どうするのよレイド……予定と違うわよ？」

「どうもこうもないだろう、わざわざ俺たちに会いに来てくれたんだ。素直に歓迎しようぜ」

レイドさんはゆっくりと立ち上がり、装備を整えている。彼はこの期に及んで余裕の表情だった。

僕たちは一時《いっとき》パーティを組んでいた間柄だ。こちらの実力を把握した上で、この状況をむしろ好機と捉えているに違いない。

ミスティさんも渋々と彼に続いている。

近くにフィリスの姿はない。焦る気持ちを抑えて僕は尋ねる。

「レイドさん。同行していた新人の女の子はどこですか？　パーティを組んでいたんですよね……？」

「さぁどうだろうね。新人のやることはベテランの俺たちにも皆目見当《かいもく》がつかないんでな。今頃どっかの沼で沈んでいるんじゃないか？　それか、魔物の餌になっているかもな？」

安っぽい挑発だ。既に殺しているのなら、こんな形で誤魔化す必要はない。

彼らの目的は、僕たちの命を対価にして得るお金なんだから。

「ニノ、安心しなさい。反応は消えていない。近くで――徘徊《はいかい》しているわね……」

「こんな時に迷子……？　ま、まぁ結果的に助かったけどさぁ！　フィリスらしいけどさぁ！」

多分、ここに来るまでの間にはぐれてしまったんだろう。

街で再会した時も迷子になっていたし。だけど、今回はそのドジに救われた。

「……ん？　そこの嬢ちゃん、この辺では見かけない顔だな。ニノ、お前、彼女同伴で来たのか？」

レイドさんがフィアーの存在に気付き、眉をひそめる。

確かに彼女は冒険者風でもない格好だし、この場に似つかわしくない容姿をしている。事情を知らなければ不審に思うのも無理はない。

「レイド、気を付けて。あの子、普通じゃない……！」

「……そのようだな」

「へぇ、人族の分際でやるじゃない。褒めてあげるわ」

さすがは熟練の冒険者。

精霊術師でもないのに、フィアーの力量を直感で見抜いていた。

油断なく武器を構える二人。突き刺さる視線は、避けられない戦いを予期させる。

それでも、僕は決して争いを望んでいる訳じゃない。

「レイドさん。貴方は僕を殺して、ギルドから不正にお金を得ようとしましたね？」

「そうか？　それはお前の気のせいじゃないか？　いつ俺たちがお前を殺そうとしたんだ？」

「直接手を下さなくとも、人は人を簡単に死なせられる。……僕が生きている以上、貴方は言い逃れできませんし、同じ手口も使えませんよ」

「はっ、最近の新人は頭が緩いのか、口を開けば耳を疑うような妄想話が飛び出してくるな。この俺たちが、たかだか少額の見舞金ために危険を冒《おか》すと思うか？　お前より遥かに稼いでいるんだぞ？」

ここまできたらどんな言い訳も通用するはずがないのに、レイドさんは挑発的な態度を取り続ける。

ミスティさんは僕の顔を睨むだけで何も言ってこない。

「惚《とぼ》けても無駄ですよ。貴方の事情はザイルさんから伺っています。一年前に何があったのか、そしてお金に困っていることも、全部」

「……チッ、あの野郎。昔から口が軽過ぎなんだよ、よくギルド職員なんてやってられるな」

それには同感だけど、それが糸口になったのだから文句は言わない。

レイドさんは一人でも優秀な働きをする戦士だ。それは過去の実績から見てもよくわかる。

だけど一年の空白期間の後は、全ての依頼を何故か、ミスティさんと二人だけでこなしていた。

ブランクを埋めるためとも取れるが、それならどうして他の冒険者を加えなかったのか。

特に、お金を稼ぐ必要があるのなら、二人が手分けせず一緒に依頼を受け続けるのは非効率的だ。

貰える報酬の総額は、一人だろうと複数人だろうと変わらないのだから。

互いに別の冒険者と組めば、もっと収入は増やせる。それなのに、他人を頑《かたく》なに避ける理由は――

「――もしかしてレイドさん。貴方、魔物と戦えなくなったんじゃないですか？」

「……フンッ」

「こ、コイツ……！」

ここで初めて、レイドさんが明確に動揺を見せた。一瞬だけど声を震わせていた。

二人の反応からして、どうやら正解を引いたみたいだ。

仲間を目の前で失ったことで生じる、精神的な病《やまい》。現役半ばで引退する冒険者から、よく聞く話だという。

日夜、ギルドには世界中から依頼が届けられるけれど、魔物の討伐依頼がその多くを占める。それに、依頼の内容自体は別のものでも、魔物と遭遇する機会は多い。

魔物と戦えないのは冒険者として致命的だ。

このことが公《おおやけ》になれば、彼は冒険者を引退せざるを得ない。

ギルドだって、戦えない人物をいつまでも抱えているほど、お人好しではないだろう。たとえその人物が、過去にどれほど素晴らしい実績を挙げていようともだ。

「病がギルドに発覚する前に、手っ取り早くまとまったお金を稼ぐ必要があった。だから、僕をダンジョンに閉じ込めて、事故死に見せかけようとしたんですよね」

「その通りよ！　だから何よ⁉　まさか私たちを説得するつもりなの⁉」

「そうです。こんな無茶苦茶なやり方、すぐに破綻します」

ギルドも、今でこそ騙されているが馬鹿じゃない。どれだけ信頼が厚かろうと、もし今後も立て続けに同じような事故が起これば、誰だって不審に思うだろう。

「大人しく引退してください。今ならまだ、未遂で済みます」

「ここまで来て引き下がれるとでも思ってるの⁉　アンタに告発されない保証はないでしょ⁉」

「そういうことだ。……わざわざ来てもらっておいて悪いが、一度振り上げた拳はもう元には戻せない」

それでも、過去の栄光が、自尊心が、冷静な判断もできないほど彼らを追い詰めていた。

「……他に道はなかったんですか？　剣を鍬《くわ》に持ち変えても、別に一等地にこだわらなくとも、地道に生きていくことはできるじゃないですか！」

「ハッ、俺に自らあんな弱者になれと!?　土に塗れて汚れろと!?　俺は今までソイツらを救ってきたんだぞ!?　その俺に堕ちろって言うのか？　今度は守ってもらう立場にいろと!?」

レイドさんは吐き捨てるように叫ぶ。

「馬鹿馬鹿しい!!　俺は戦士だ、期待を一身に背負った冒険者なんだ！　たとえ剣を折るとしても、華々しい最期じゃなければ誰も納得しないんだよ!!」

よほど癪《しゃく》に障《さわ》ったのか、最初の落ち着きようが嘘のように彼は声を荒らげていた。

それはどうしようもないほどに悲しい、自らが選んだ答え。

押し寄せる期待という重圧に負けた、ある一人の冒険者が辿った末路だった。

だけど同情はしない。一線を越えてしまった時点で、彼は被害者でなく加害者だ。

「……ニノ、お前は一つ勘違いをしている」

「何ですか？」

「確かにお前の言う通りだ。俺は魔物と戦えない身体になっちまった。その辺の雑魚相手でも手が震えて剣もまともに握れやしねぇ。……だがな、お前みたいな甘ちゃんの餓鬼を殺すぐらい――訳ねぇんだよ!!」

――ガッ、キンッ

耳に鋭く突き刺さる金属音。腕にかかった重みを振りほどく。

レイドさんが言い終える前に放ったナイフを、右腕一つで防ぎ切った。

首を狙って正確に投げつけられていて、そこには明確な殺意が込められていた。

「よく素手で防いだな、亀の守りか。相変わらずそれだけしか芸がない奴だ」

「……何度も言わせないでください、大地の守りです。一応、警戒はしていたので」

魔物以外が相手だと多少は戦えるらしい。

それでも全盛期の半分程度なんだろう、想像していたよりは動作がぎこちなかった。

「レイドさん……これは最後の警告です。武器を捨ててください」

「ニノ、それは強者が吐く台詞だぞ？」

「今の貴方が強者を名乗れるとでも？　腕も落ちて、誇りも捨てて、賊風情に堕ちた貴方が！」

「ぬかせっ!!」

本来、冒険者同士の武器を使った私闘は重罪に当たる。

だけど、自分の身を守るために戦うことは例外として許されていた。

――それに彼らは、もはや冒険者とは呼べない。ただの犯罪者だ。

この人たちは、もう止まらないし止められない。

僕は覚悟を決める。人として、冒険者として、コイツらに屈する訳にはいかない。

「ニノ、どうするの？　私の力を使うの？」

「ごめん、ここは手を出さないで僕に任せて欲しい。これは……僕が関わった問題だから」

確かにフィアーに協力してもらえば、一瞬で片《かた》がつくと思う。

キングトロールをも圧倒する力だ。ただの人が敵《かな》うはずもない。

それでも、ここは僕の手で引導を渡したかった。これは僕の——冒険者としての矜持《きょうじ》だ。

「ニノは変なところで頭が固いんだから……まぁ、今のアイツになら任せても良さそうね。少し癪だけど」

フィアーも何かを察したのか、苦笑しながら素直に下がってくれた。

「相談は終わったか？　なら、俺たちのためにもう一度死んでもらうとしよう。ミスティ、お前もわかっているな？」

「ええ……予定にはない強硬手段だけど、コイツらを取り逃せば、私たちは終わりよ!!」

その言葉を皮切りに、ミスティが生み出す風刃《ウィンドカッター》が、僕を囲むように迫ってきた。

狭いダンジョン内と違い、ここは開けた森の中。死角も多く、敵は二人いる。

動きの遅い大地の守り《ガイアディフェンス》では対応し切れない。それなら別の手段を用いるまでだ。

「大地の壁よ、立ち塞がれ!!」

地面から突き出した土壁《アースウォール》が風の刃を次々と打ち消す。

「チッ、だから土属性は嫌いなのよ!!　硬いし、邪魔だし、鬱陶しい!!」

土属性と風属性は、互いに相性が悪い。

手数で攻める風では土の守りを崩せないし、鈍重な土では俊敏な風に届かない。

だけど真正面からぶつかれば力はこちらの方が上だ。

「フンッ、小賢《こざか》しく他の魔法も隠し持っていたか!!」

レイドは土壁の隙間を通すように、ナイフを低空に放ってくる。

足元に突き刺さったそれは、突如爆発して白い煙を撒き散らした。

……目眩《くら》ましだ。僕は今度こそ大地の守り《ガイアディフェンス》を発動する。

「甘い、足元がお留守なんだよおおおおお!!」

「うわっ!?」

いつの間にか周囲の木々を利用して張り巡らされていた鋼糸が、煙の中で僕の足に引っかかる。

転びはしなかったけど、集中が途切れて守りが解け、更に体制が崩れてしまう。

その直後、僕の頭上で煙が晴れた。レイドが宙を跳び大剣を振り上げている。

武器に風属性が乗っているのか、台風の目のように周囲に白い煙の渦が巻いていた。

「――終わりだ」

魔力が込められた渾身の一撃が振り下ろされる。

ギギギギギギギギ――

金属を削る音が至近距離で鳴る。暴風で砂利が巻き上がり互いの頬を傷付け合う。

腕の感覚を忘れてしまうほどの振動。だけど、それを肌で感じるというのは生きている証拠だ。

――僕はレイドの一撃を、巨大な岩石の右腕で受け止めていた。

「なっ、岩石人形《ストーンゴーレム》の腕だと!? ニノ、お前は……一体!?」

「これでも僕と――〝ノート様〟は怒っているんですよ。……あの時の僕と、同じと思うなよ?」

◇

精霊術師は、精霊様から力をお借りすることで初めて成り立つ職業だ。

実力の大部分を彼女らに依存していて、戦士や魔法使いに比べると、精霊術師個人の能力は多くが劣っている。

レイドのような体術もなければ、ミスティのような魔力も持ち合わせていない。

だから全ては精霊様のご機嫌次第。

そして精霊様も人と同じ。性格における向き不向きが存在する。

戦いが好きなフィアーのような精霊もいれば、ノート様のように攻撃が苦手な精霊もいる。

僕の力が――土属性が、守りに特化しているのもそのためだ。

たとえ魔物が相手だったとしても、これまでは最低限の力しか発揮できなかった。

これはノート様が戦いそのものを嫌っていて、無意識に力を抑えてしまっているからなのだと思う。

――だけど今は違う。

何が逆鱗《げきりん》に触れたのかはわからないけど、あのノート様が怒っている！

「……ぐっ、以前より実力が桁違いに上がってやがる!!　ミスティ、気合を入れねぇと負けるぞ!!」

「わかってるわよ!!　貫け、雷矢《ライトニングアロー》!!」

雷を伴った瞬速の矢が、僕たちの前で激しい光を放って炸裂する。

僕の守りを崩すほどの力はない。だけどその隙にレイドが距離を取った。

「穿《うが》て、岩槍《グレイブランス》!!」

右手から岩石の槍を生み出し、ミスティに向かって投げつける。

槍は地面を抉りながら突き進み、彼女の傍にある木に突き刺さった。

「くっ、またこっちを!?」

更に二つ、三つと数を増やしていく。

それで足りなければ両手に抱えて集中砲火だ。

「私ばかり狙って、卑怯《ひきょう》な餓鬼ね!!」

レイドではなく、後方のミスティに狙いを絞って攻めていく。

人数的に不利なので、戦術として早めに一人を削っておく必要があった。

「おっと、俺のことを忘れるなよ？」

そこにレイドが割り込んできて、近距離で短剣を振り回してくる。

守りの死角を突いた素早い攻撃に、身体中に熱が、傷が生じてくる。

浅いけど、確実にこちらの体力を削られる。

「お得意の大地の守り《ガイアディフェンス》は至近距離では使えないようだな!?　発動に集中できないってか!」

「……やっと正式名称で呼びましたね？　僕のことを見直してくれたんですか？」

「ああ、まさかここまでやるとは思わなかった、悔しいが認めてやるよっ!!」

レイドがその場で回転。腹部に蹴りを入れられ、僕の身体が宙に浮く。

その隙を狙って放たれたミスティの炎槍《フレイムランス》が、目前に迫っているのが見えた。

即座に右腕に強化《エンチャント》を施し、岩石の拳で炎を迎え撃つ。

「ソレに触れたわね!?　これで終わりよ!!」

「……ッ!!」

接触と同時に槍が爆発。風圧が土砂を弾き飛ばした。

炎槍は、右腕に施した装甲を一撃で破壊する威力を有していた。油断して防御もなしに直撃していれば腕そのものが粉々になっていただろう。

熱風の余波で周りの木々が燃えていく。

それを僕は――爆破地点から離れた場所で見守っていた。

胴に巻き付いた〝水の鞭《むち》〟が解かれる。

「……助かったよ。さすがにまともに喰らったら死んでたかも……！」

全身を包み込む水の鎧《よろい》のおかげで、火傷《やけど》一つ負っていない。

周囲に漂う強大な水属性の魔力を感じながら、僕は隣に立つ彼女に感謝を告げた。

「賑やかで楽しそうなことをやってるねニノ君、お姉ちゃんも混ぜてもらっていいかな？」

◇

「ウィズリィ様出番ですよ！」

フィリスの生み出した雨によって、辺りの炎が消火されていく。

簡易的なものとはいえ、天候に影響を与えるなんて凄まじい魔力量だ。

その様子を僕たちは、膠着《こうちゃく》状態のまま見守っていた。

「嬢ちゃんもニノの仲間だったのか？　精霊術師と聞いてもしやと思っていたが……」

息を整えながらレイドが質問を投げかけてくる。

「フィリスは僕の幼馴染ですよ。知らなかったんですね……選ばれたのは偶然だったのか」

「ガハハハハハハハハハ!!　道理で騙しやすい嬢ちゃんだと思ったぜ。お前ら精霊術師は揃いも揃って、疑うことを知らねぇ馬鹿しかいないのか？」

場違いなくらい大爆笑された。

心外だ。フィリスはともかく僕は普通だと思うけど。

「……言われてるけど言い返さないの、フィリス？」

「え？　今のニノ君も含まれてない⁉　一応、昔受けた講習の成績、ニノ君より良かった覚えがあるんだけど？」

「地頭《じあたま》は僕の方が上でしょ？　樹海で迷子になっていたフィリスよりマシだよ！」

「酷い～！　せっかく助けてあげたのに！」

「それは感謝してるけどさ」

お互いに軽口を叩き合いながら、敵との距離を詰めていく。

いちいち説明しなくても、フィリスはこの状況を理解してくれていた。敵味方が互いに息を整え、仕切り直しの二戦目が始まる。

「ねぇねぇ、当時のこと覚えてる？　講習の最後に――私とニノ君で組んで、精霊術師だけの大会で戦ったよね。結果は……優勝だったっけ？」

「記憶を捏造《ねつぞう》しちゃ駄目だよ。準優勝だった。まぁ、あの時は僕もノート様も本調子じゃなかったけど」

「強がり言っちゃって。……じゃあ今なら、本気で合わせられるんだよね？」

「もちろん！」

「よーし！　それならお姉ちゃん、張り切っちゃうよ！」

嬉しそうに駆け出すフィリスに合わせて、僕は反対側に移動する。

レイドとミスティを挟み込むようにして二手に分かれた。

「最初から飛ばしていくよ！」

フィリスが片手を上げて、長い線を描くように水泡《アクアバブル》を大量に生み出していく。

形成された泡の壁が、ゆっくりと標的に向かって追尾を始める。

「コイツは厄介だな……！」

レイドが牽制《けんせい》に投げた石が泡に触れた途端に破裂し、音を立てて粉々に砕ける。

連鎖して辺り一帯の地面までもが弾け、泡の壁に沿って直線状に穴が穿たれた。

「どうやらあれは水属性の機雷らしい。下手に触れると身体を持ってかれるぞ！」

「触れるなって言われても、こうも数が多いと身動きが取れないわ!!」

「チッ、一旦、距離を取るぞ」

危険と判断した二人は、後ろに下がっていく。

人数的に互角になった今、相手も慎重になっているようだった。

森の中に逃げられれば、木々が邪魔をして魔法が使いにくくなり、小回りが利く戦士の独擅場になる。

「そうはさせない!!」

僕は岩槍を召喚して、わざと泡の壁にぶつけた。

機雷の炸裂で砕かれ、細かい破片となった岩槍が、二人に広範囲の石の雨をばら撒く。

「くっ、ニノのやつ姑息な真似を!!」

「ま、前が見えないわ!!」

「よそ見してると危ないですよ？」

「なっ!?　もう距離を詰められ――ガハッ!!」

散弾による足止め。その直後に、肉薄したフィリスがミスティの腹に掌底を叩き込んだ。

間髪容《い》れずに、フィリスは身体を捻《ひね》りながら踵《かかと》を落として、頭からミスティを地面に叩き落す。

「がっ……げほっげほっ、よ、よくも……この餓鬼ども……！」

強烈な一撃に血を吐きながらも、ミスティはまだ気を失っていないのか立ち上がろうとする。

「それ以上させるかあああああ!!」

そこへレイドが、腰の短剣を抜いてフィリスに襲いかかった。それを、駆けつけた僕が岩石の右腕で弾き返す。

そしてまたフィリスと入れ替わり、彼女が生み出した水を推進力にして後退する。

「二人掛かりで後衛を狙ってきやがったか！　それに、そこの嬢ちゃんもここまで動けるとは。お前、戦士の方が向いてんじゃねぇのか？」

「それよく言われるんですけど……私、一応動ける支援職でやっていくつもりなんですよね～！」

腕を回しながら、フィリスが小刻みに跳ねる。どうやらやっと身体が温まってきたようだ。

本職からも認められる武闘派の精霊術師とは……確かに転職した方がいいかもしれない。

「こちらも負ける訳にはいかないんで、弱い方から徹底的に潰します。覚悟してください」

「言うじゃねぇか」

レイドに比べてミスティの実力は、ベテランの域に達していない。

ここは非情だけど、弱い後衛を先に倒して一気にこちらの流れに持っていかないと。

「おい、後輩に負ける訳にはいかねぇぞ！　ミスティ、立て！　アレを使うぞ！」

「え、えぇ……そうよ、これ以上舐められてたまるものですか!!」

頭を押さえながら、ゆらゆらと立ち上がるミスティ。

雰囲気が変わった。多分、奥の手を出すつもりだ。

僕もフィリスに視線を合わせる。

「向こうは短期決戦に切り替えたみたいだ。フィリス、僕たちもアレを使おう！」

「え、でもアレは……準備に時間がかかるし。それまで一人で大丈夫？」

「時間稼ぎは僕とノート様の得意分野だよ？　僕の守りを信頼して！」

心配するフィリスを下がらせて僕は一人で前に出る。

その間に相手も準備が終わったみたいで、レイドが立ち塞がる。

「疾風の加護《エアロプロテクション》!!」

ミスティが生み出した風の鎧を纏い、レイドが疾走してくる。

竜巻のように周囲の物体を巻き込みながらの突進。あまりの速さに、その姿が二重にも三重にも見えた。

「……速い⁉　これが奥の手⁉」

「コイツを使わせて楽に死ねると思うなよ？　《連撃》‼」

レイドの斬撃が二つに分かれた。ベテラン戦士特有の、技能が発動されている。

そこに風の力が合わさり、更に四つに分離。それぞれが高い攻撃力を持った一撃が、まとめて降りかかってくる。

躱し切れないと判断して、僕はレイドとの間に強引に土壁《アースウォール》を形成した。

「無駄だ」

一つ目の斬撃が容易く壁を破壊する。

飛び散る土塊を被りながら、僕は岩石の右腕を振るって二撃目を弾いた。

それでも衝撃で腕の装甲が剥がれ落ち、姿勢を崩す。

「残り二つ、避けられるか⁉」

「――岩槍《グレイブランス》‼」

無防備になった左半身に三撃目。左手に岩槍を形成して迎え撃つ。

風属性と土属性の衝突……本来、打ち勝つのは土だ。

けれど相手には、スピードに物を言わせた純粋な物理攻撃も含まれている。

――ガガガガガガガガガ

荒れ狂う暴風に岩槍が削り取られていく。余波で左肩に刃が届き、血が噴き出る。

まだだ、まだ一つ残している。僕は最後に大地の守り《ガイアディフェンス》を発動する。

「大地の守り《ガイアディフェンス》か!! だが、この距離で苦し紛れに出したそいつで防ぎ切れるかな!?」

最後の一撃は深く重く、僕の身体がギシギシと嫌な音を鳴らして地面にめり込んでいく。

レイドの言う通り、瞬間で発動したために守りの層が薄い。このままでは僕の身体ごと切り伏せられる。

力が足りない、もっと力が必要だ。

「まだ耐えるか!! さっさと諦めてくたばりやがれ!!」

「……そう簡単に……終われるものか……!!」

僕はここで負ける訳にはいかない。

コイツらは、この場で倒さなければ私欲のために、更に手を汚すだろう。

そしてその被害に遭うのは、僕と同じ、それぞれに夢を持った新人たちだ。

剣を折り、心も折れた連中に、彼らの未来を刈り取られるなんて、許してたまるものか!!

――ノート様。もう少しだけお付き合いください。

祈るように念じて、僕は更に魔力を込める。限界を超えていく。

「なっ、何だと!? ――ニノ、お前はどこまで力を!?」

熱を持った輝きと共に、僕は両腕に新たに〝大地の盾《ガイアシールド》〟を発現させる。正面でそれを組み合わせ、最後の一撃を受け止めた。

盾は、表面から風属性の魔力を吸収している。中央の宝玉が光を放ち、盾全体まで波及する。

「――弾き返せ《リフレクト》!!」

そして僕の命令で、盾に溜め込まれた魔力が反射した。

土属性に変換され、生み出された無数の鋭い槍がレイドの身体を貫いた。

「ぐあああああああああ!!」

「嘘ッ、あああああああ、レイドっ!!」

噴き出す鮮血。レイドの右腕と左脇に深く突き刺さった槍は、役目を終えて消滅した。

膝をつくレイドの傍にミスティが駆け寄っていく。

これで全ての攻撃をやり過ごせた。疾風の加護《エアロプロテクション》の効果も切れているし、もう時間稼ぎは十分だろう。

「ニノ君、行けるよ！　当時は失敗したけど、今のノート様なら大丈夫だよね⁉」

そこへ後ろから文字通り飛んできたフィリスが、隣に立つ。

彼女は全身に水の魔力を漂わせていて、その力の影響かウェーブのかかった蒼髪が仄かに光っている。

「うん！　今なら必ず成功させられる！」

土属性と水属性は、互いに助け合える非常に相性のいい属性だ。

この二つを組み合わせた複合魔法は、古くから数多く研究されてきた。

その中でも特に最大級の魔法を、僕たちは使おうとしている。

本来人の魔力では再現が不可能なものだけど、精霊様の力を合わせることで生み出せる、最強の力。

「今度は僕たちの、最大最強の魔法をぶつける番だ!!」

「だね！　精霊術師を馬鹿にした奴らを見返してやろう!!」

僕とフィリスは拳を合わせて同時に叫ぶ。

「「出でよ、古の機械人形《グランゴーレム》!!」」

『ブオオオオオオオオオ!!』

樹海を揺るがす巨大な両腕が、僕たちの後方から突き上がった。

轟音と共に、木々が空の彼方《かなた》へ吹き飛んでいく。降り注ぐのは砂利と泥の雨。

丸いゴツゴツした頭が宙に浮かび上がり、その周りの赤い魔法陣から、今の技術では作ることのできない古代兵器が次々と召喚されていく。

片腕だけでも大木の数十倍もの大きさを持った、グランゴーレムの上半身がここに降臨した。

頭部にある一つ目で目標を捉え、魔導兵器の照準を合わせてその場に待機する。

「やった！　ニノ君、成功したね！」

「うん！　まだまだ完成には程遠いけど、一応上手くいったみたいだ」

グランゴーレムは、土と水の最上位複合魔法だ。僕たちの今の力でも、生み出せたのは上半身だけ。

完全体の姿では、過去にあった大戦でいくつもの大国をたった一体で滅ぼしたと言われている。

——これに対抗できる、人の魔法を僕は知らない。

「なっ……な、何よあれ……精霊術師の……精霊の力はこれほどなの……!?　こんなの人族に勝ち目なんてないじゃない……！　でたらめよ!!　ふざけてる!!」

ミスティは杖を落として、ただ呆然と立ち尽くしていた。戦意を喪失しているのが見て取れる。

そして、満身創痍《まんしんそうい》のレイドにも異変が起こっていた。

「く、クソッ……ここに来て、きやがった……！」

「レイド……？　まさか発作が!?」

グランゴーレムの姿を見たレイドも剣を落としていたが、その手が微《かす》かに震えている。

もしかしてゴーレムに反応した？

魔物と戦えなくなる例の病は、どうやら魔導兵器にも発症してしまうらしい。

「……ここは退《ひ》くしかないわ！　あんなのまともに戦える相手じゃない!!」

「あ、あぁ……」

二人は支え合うようにして、樹海の奥へと入っていった。

「あ、逃げるなー！　ずるいー！」

「まぁ……普通はこうなるよね。わざわざ召喚する必要もなかったか」

こちらはグランゴーレムに供給する魔力を維持するのに精いっぱいで、すぐには動けない。

強大過ぎる力は、小回りが利かないのが玉に瑕《きず》だ。

僕たちは召喚を取り消す。役目を終えたゴーレムは、崩れながら消滅した。

「せっかく頑張って魔力を溜めてきたのに。無駄に終わっちゃったじゃない！」

「その愚痴は後で聞くから。とにかく追いかけよう、フィアーもついて来て！」

彼らをここで取り逃せば、もう二度と会うことはないと思う。

今、捕まえないと駄目だ。

そう思って、僕は近くで観戦していたであろう少女に声をかけたのだけど——

「……？　フィアー、いないの？」

返事が一向に返ってこない。

周囲を見回しても、その姿はどこにも見当たらなかった。

◆

森の中を庇い合いながら進む、二人の男女の姿があった。

土と泥で汚れた傷跡はかなり深い。

それでも追っ手のことを考えてか、地面に点々と赤い血を滲ませ、がむしゃらに前に進み続ける。

「はぁはぁ……レイド……傷はどう？」

「大丈夫な訳がないだろう……身体も、ここもズタズタだ」

そう言ってレイドは自分の胸を叩く。

勇ましかった男の姿は今では痛々しく、かつての栄光を知るミスティは顔を歪《ゆが》めて俯《うつむ》く。

獲物であったはずの子供に一方的にやられて、何もかも失ってしまった。

今さら街に戻れる訳もなく、行く当てもない。

「連中を甘く見過ぎたのが敗因か……いや、そもそもの間違いは、俺がアイツらを守れなかったことか……」

目の前で死んでいった仲間の姿を思い出しながら、レイドは一人ごちる。

彼は幾度《いくど》となく悪夢に悩まされ続けてきた。剣を折る原因となった病だ。

失意の一年で重圧に押し潰される中、いっそ自分の手を汚せば抜け出せるのではないかと、本気で信じるようになった。

だが、結局何もかも中途半端だった。悪になり切れず、善にもなれず。

失う物があっても、得られる物は何一つなかった。

「……ねぇレイド。この際、武器も名前も捨てて、一からやり直しましょう？」

これ以上冒険者にこだわる必要もない。そう彼女は提案した。

そして、畑を耕して地味に暮らすのも悪くないかもしれない。そう思い始めている自分がいた。

ニノの言っていた通りになるのが少し癪だが、もう肩書きも無くなった今となっては、不思議と些細なことに感じられた。

「……それもいいかもな。小さな村で、お前と、お前との子で、三人一緒に……」

「ええ。そうね……」

一からの始まり。そう考えると気分が徐々に晴れやかになってくる。

今の状況も忘れ、互いに小さな未来を想って語り合っていた——その時だった。

「——ふふ、醜《みにく》い人族みーつけた」

突然、冷たく凍り付くような声が、樹海を静かに通り抜けた。

穏やかだった空気が一変し、二人は武器を握り締めて警戒する。

「だ、誰だ⁉」

「ふふっ、だーれだ」

木々の陰から出てきたのは、黒いドレス姿の少女だった。

その表情は、形だけは微笑んでいるが瞳は虚《うつ》ろで、まるで死人のそれだ。

「ニノの隣にいた嬢ちゃんか？　もう追いついてきたのか……！」

「で、でも、本当にあんな子だったかしら……？　まだもう少し可愛げがあったわよ⁉」

戦いの場で見かけた少女に外見こそ瓜《うり》二つではあったが、何かが決定的に違う。

素足のままペタペタと近付いてくる少女。その姿が点滅して、消えては現れるを繰り返す。

「遊ぼう？　私と、遊んで？」

言っている内容自体は、まるで子供だ。だがそこに可愛らしさは欠片も感じない。

声を聞いているだけで鳥肌が立つ。対峙しているだけで震えが起こる。

この場にいるだけで、二人は頭がおかしくなりそうだった。

「こ、これ以上、ち、近付くと子供だからって容赦《ようしゃ》はしないわよ!!」

「おい、やめろ!!　やつは危険だ！」

レイドもミスティも、強烈な違和感には気付いていた。

だが、それ以上に恐怖が勝《まさ》ってしまう。ミスティは反射的に動き出していた。

それはある種、半端に実力があるが故の不幸だった。

――ブチッ
「えっ」

気が抜けるような声と共に、何かが潰れる音がした。

それが人体の生み出した音だと、レイドが理解した時にはもう遅かった。

謎の少女が特別何かをした訳ではない、ただ触れただけだ。

ミスティはピクリと一瞬大きく痙攣した後、倒れて動かなくなった。

「ミスティイイイイイイイ‼」

自分と人生の大半を歩んできた女が、呆気なく死んだ。

その事実を受け止め切れず、レイドの視界が怒りで真っ赤に染まる。

「貴様ああああああああ‼」

己の傷も忘れて、闇雲に剣を振るう。

傷口から飛び散る血を少女に吹きかけながら、何度も何度も。

「アハハハハハ、面白い、面白い、赤い、赤いわ！」

「ぐあっ……‼　ば、化け物め‼」

少女に触れられた瞬間、レイドの身体が石像のように固まった。

屈強な大人を片手でいとも簡単に捕らえる力は、もはや人外の領域であった。

「赤い、もっと見せて？」

首を傾げる少女の背中から、突如として巨大な光の翼が生えた。

その輝きは白く、神々しく、そして禍々しかった。

「お、お前は……ま、まさか……⁉」

「もう終わり？」

「ガガ、ガガガガガガガガギャ――ウギャッ」

およそ人の放つものとは思えない声。

やがてレイドの身体が動かなくなる。玩具《おもちゃ》のように投げ捨てられた亡骸が地面を転がり……二つが折り重なる。

「もう壊れちゃった。つまんない、つまんない……」

そう呟いた少女の表情は、消えてしまいそうなほど儚《はかな》かった。

◆

部屋の窓から朝日が差し込む。

いつもなら、その熱を帯びた光を浴びて目覚めるところだったけど。

宿で生活を送っていた時とは違い、今は日光が直接僕に届くことはなかった。

理由は至極《しごく》単純だ。ベッドと窓の距離が遠くなったから。なのでもう少し眠ろ――

「おはよう！　ニノ。今日も良く眠れたかしら？」

「――わっ⁉　ふぃ、フィアー？　何でここで寝てるの……⁉」

耳元で大きな声を出されて思わず飛び起きた。

「あはははは、面白い顔ね」

隣には、悪戯に成功して喜んでいるフィアーの姿。

僕は胸をなで下ろして、もう一度ベッドに転がる。

「いい加減慣れなさいよ、ここで暮らし始めてもう三日目よ？」

「いや、これに慣れたら僕もおしまいだと思うよ。それよりフィアーにも自分の部屋があるよね？

ここは一応、男の部屋なんだけど……」

「ここの毛布の方が寝心地がいいの！」

「ははは、この前も同じことを言って毛布を交換したばかりじゃないか」

「ふふっ、そうだったかしら？　それは記憶にないわね」

「それならもう一度交換する？」

「明日になったらまた恋しくなるかもね？」

何を言っても頑《かたく》なに離れようとしないフィアーに、僕は降参する。

大きなベッドの上に腰掛け、二人で過ごすには広過ぎる部屋の中で僕たちは笑い合った。

◇

ニブルクル樹海でレイドたちと戦った後。

僕とフィリスは樹海の奥に進んだところで、二人の亡骸を発見する。

そこへ同じタイミングでギルドから調査隊がやってきて、僕たちは捕縛《ほばく》されてしまったのだ。

どうやら召喚したグランゴーレムが、遠く離れたポートセルトの人々にも目撃されていたらしい。

それからは、まぁ色々と大変だった。

まずは、グランゴーレムの姿に怯えた街の人たちへの謝罪。そして殺人の疑いを晴らすのと、レイドたちの過ちを証明するのにも時間がかかった。

その時には、僕らを疑っていたギルドの面々にザイルさんが待ったをかけ、間を取り持ってくれた。僕が事前に相談していたのが功を奏した形だ。

魔法で生じた傷は、専門の者が調べると属性反応というものが出てくる。

しかしレイドたちの致命傷となった傷からは、僕とフィリスが扱う土と水、どちらの属性も検出されなかったのだ。一方で、僕たちが負った傷からは、レイドとミスティが使っていた属性がはっきりと出た。これが釈放の大きなきっかけになった。

『すまなかった……俺が最初からお前の話を信用していれば、こんなことには……！』

釈放された後、ザイルさんからは頭を地面に擦り付けるほどの謝罪を受けた。

調べてみたところ、レイドたちが抱えていた借金は、相当長い間返済を待たせていたとわかったらしい。一つ一つの疑惑の裏が取れていき、彼らの罪が明るみに出ることとなった。

ザイルさんは、もっと前から彼らの不審な点に気付いていれば、何か救いの手を差し伸べられたのではないか、と悔やんでいた。

『俺は今日から心を改める。お前のことも、立派な冒険者として対応させてもらう。新人だからって、もう説教したり、偉そうに指導したりなんてしない……だから、すまなかった！』

再び頭を下げたザイルさんに、僕は静かに気持ちを伝えた。

『……ザイルさん。信頼と盲信は違うと思います。誰だって間違いを犯すときはありますし、それは僕だって同じことです。僕だっていつか、レイドさんのような間違った道を歩むかもしれない。そんな時に怒ってくれる、道を正してくれる大人の存在は、とても大切なんですよ』

『……ニノ、お前は……』

『これからも僕は新人として、貴方を頼らせてもらいます。だから今まで通りでいてください。それが本来の……ザイルさんの仕事ですよね？』

ちょっと意地悪な言い方をしたかもしれない。でも少なくとも、今回の一件で特別扱いを受けるのは、何か違う気がした。

何故ならレイドも、元を辿れば似たような立場に苦しめられていたように思えたから。

僕は僕自身を特別優れているとは思っていない。間違いだってやらかす。

だからこそ、ザイルさんのような真正面からぶつかってくれる人の存在は必要なんだ。

『――そうだな、そうだった。すまない、俺はまた間違いを犯すところだった。個人を特別扱いはしない。公正な目を持って、新人もベテランも関係なく、俺のやり方で接させてもらう。……新人たちに頼られても恥ずかしくない大人であり続ける。約束しよう』

『はい、これからもよろしくお願いします！』

お互いに自然と握手を交わす。

その様子を、フィリスは『男の友情ってやつだ……！』と目を輝かせながら、フィアーは『くだらないわね……』と呆れた顔で、それぞれ見守っていた。

でも結局、あの二人を殺害した犯人は、今に至るまで捕まっていない。


それから、これはおまけ話。

重罪を犯した冒険者は通常、ギルド在籍中に稼いだ金額に比例した量の財産を没収される。

そしてそのうちの何割かは、慰謝料《いしゃりょう》として被害者に分配されることになっていた。

レイドもミスティも、冒険者としての実績は積んでいたため、没収される財産もかなりの金額になる予定だった。

だけど、二人はよっぽどお金に困っていたらしい。何と残っていたのはあの一等地の屋敷のみ。

よって、ギルドがその屋敷を買い取り、売却して得られるお金の一部が僕たちへ支払われることになった。一部とはいっても、金額としては相当な額だ。

太っ腹のように思うけど、今回の件はギルド側の制度の問題もあり、更に僕たちを誤って拘束してしまった謝罪の意味も込められている。

と、いうことで僕たちは、図らずも大金を手にすることになったのだ。

——この瞬間だけは。

『あの～ザイルさん。あの屋敷、売らずに私たちに貰えませんか？』

ザイルさんと和解した後、慰謝料の手続きを始めたところで、フィリスが不意にそんなことを言い出した。

『……は？　本気で言ってるのか？　そうなると、足りない差額の分だけ負担してもらうことになるぞ。お前たち新人に到底払い切れる額では……』

『大丈夫大丈夫。もう私たち、正式な冒険者になりましたから！　ねっ？　ニノ君！』

『ちょっとフィリス、何を言って!?』

フィリスは、自由に使えるお金よりも、屋敷の方を欲しがったのだ。

僕が貰える慰謝料も勝手に勘定に含まれている。

『ニノ君もいつまでも宿暮らしを続けるのつらいでしょ？　一緒に共同生活しない？　豪邸だよ？』

『ま、まぁ……そうだけど。でも、もう少し考えてもいいんじゃない？　地味に暮らすのも……！』

『こういうのは何でも大きい方がいいんだよ！　今後のことも考えてね！』

『もしかして、前言ってたフィリスの野望の話？　精霊様を本気で連れ込むつもりなの!?』

確かに精霊様を招き入れるなら、当然、家も立派な方がいいんだろうけど。

と、そこまで考えて僕はフィアーのことを思い出した。精霊様はもう近くにいるじゃないか。

フィアーは今まで色々と付き合ってくれているけど、僕からはまだ何もしてあげられていない。

――ここは男を見せる時か。

『わかったよ。二人で……頑張って稼ごうか？』

『やった！　ニノ君、大好き！』

こうして二人分の慰謝料を頭金にして、ギルドから一等地の屋敷を買い取った。

ついでに多額の借金も抱えてしまったんだけど……。

◇

「でも皮肉だよね……犯罪に手を染めてまで残したかった物を結局、奪われるだなんて」

だだっ広いベッドの上で、部屋の中を見回しながら僕は呟く。

しかも買い取ったのが、被害者である僕たちだ。悪いことをすれば報《むく》いが来るって、本当なんだと実感する。

僕も力を持つ者として、気を付けないといけないなと思う。

「それにしても本当、僕には勿体《もったい》ないくらい立派な屋敷だよ……」

戦闘の前、レイドはあんなことを言っていたけれど、きっと近い将来には二人とも引退して暮らすつもりだったんだろう。

その証拠に、家の中には小さな子供部屋があった。今はフィアーの寝室として使われている。

一瞬、二人の幸せな未来を想像して——すぐに忘れた。

それは決して訪れることのない未来だ。考えるだけ無駄だと自分に言い聞かせる。

「物事には分相応という言葉があるわ。あの人族たちは求め過ぎたのよ。欲深い者は自ら滅ぶものよ」

隣に座るフィアーは淡々とそう言った。

「それじゃいつか僕も滅びるかもね。冒険者ってみんな欲深い生物だから」

「それはニノのこれからの頑張り次第じゃない？　……貴方には私がついているんだから、手に入らない物なんてないけど。この際、世界でも手にしてみる？」

「……それはちょっと深過ぎるんじゃないかな、深淵だよ。僕もそこまで堕ちたくないかな」

世界だなんて、今はまだ正式な冒険者になったばかりだ。

しかもフィアーは割と本気で言っている気がする。彼女の実力からして説得力があるのが怖いところ。

「いいじゃない。ねぇ、私と堕ちるとこまで堕ちましょう？　きっと貴方とならいい夢を見られるわ」

「嫌だよ。僕は大地の精霊様一筋だし、ノート様に誇れるような人生を歩むと決めてるんだから！」

「何でよ!?　契約したのは私でしょ!?　もっと私のことを見なさいよ!!　この、この！」

「痛い痛い」

いつも通りの日常。

そうして二人でじゃれ合っていると、下の階で物音がした。……あれ、もしかしてフィリスが何かをして――

――ドオオオオオオオオン！

「ごめーん、朝ご飯作ろうとして失敗しちゃった！」

「あの人族、また私たちの家を!!　これで二回目よ、料理に爆発する要素なんてある!?　これ以上は我慢できないわ!!」

「……えっと、一応言っておくけど一回目はフィアーだったからね？」

部屋を飛び出し、一階に駆け下りるフィアーを追いながら、僕は少し不安になっていた。

共同生活ということで、家事も当然交代制になっている。

三人の中で一番マシな料理ができるのが僕で、フィリスとフィアーの実力は未知数だった。

そして昨日……フィアーの料理を食べた後の記憶はない。

「何よこれ!?　私たちにそれを喰わせて毒殺するつもりだったの!?」

キッチンに着くと、さっそくフィアーがフィリスに掴みかかっていた。

「フィアーちゃん人聞きが悪いよ！　頑張って作ったのに！　これでも昨日よりは良くなってるはずだよ！」

「嘘よ！　私の料理の方がまだ口にできたわよ!!　そもそもこれは固体ですらないじゃない!?」

「じゃあニノ君に判定をお願いしよう、負けたら洗い物やってもらうからね！」

「望むところよ!!」

「……うわぁ、これは大変だ」

二人の低次元な争いを眺めながら、僕は逃げる準備を始める。

拠点を手に入れて、やることは多いけど……まずは、誰か一人は料理を覚えるところから始めようか。

第六話　再びの置き去り、再びの出会い

「おい!!　前から魔物が三体来てるぞ、やばい、全員変異種だ!!」

「く、くそっ、さっそく変異種のお出ましかよ。まだダンジョンに入ってすぐだってのに！」

「あまり大きな声を出すな！　この状況で奴らを刺激したら……！」

「う、後ろからも来ている!?　五体見える……！　ニノ、さっさと敵を引き付けてくれ!!」

「みんな一旦落ち着いて、僕が囮になるから！」

雷雲立ち込める洞窟の中、体表から紫電を放つ魔物たちが、物音を聞きつけて集まってくる。

長く尖った鼻と耳、緑がかった肌。血と油で汚れた武器を手にしたゴブリンたちだ。

細い目を血走らせ、小柄ながらに発達した筋力に物を言わせて得物を振り回している。

この狭い空間で、集団戦術を得意とする彼らの包囲網から逃げ切るのは至難の業《わざ》だ。

僕は先頭に立って敵の注意を引く。このまま乱戦になったら、犠牲者が出てもおかしくない。

「相手が変異種であろうと、ゴブリンはゴブリンだ。まずは数を減らすぞ!!」

そんな中、パーティの司令塔であるアーダンが指示を出した。

短い赤毛を風に揺らし、鍛え上げられた剛腕で大剣を振り回す。

すると僕がゴブリンを集め切る前に、全員が個々に動き出した。おかげで囮の役目が果たせない。

「ま、待って。一ヵ所に固まってくれないと、この状況でバラバラに動けば嬲《なぶ》り殺《ごろ》しだよ!?」

「うるせぇ、このパーティのリーダーは俺だ、いちいち指図《さしず》するな！　先手必勝で攻め勝てばいい！」

「それができたら誰も苦労しないよ!!」

「この臆病者め、お前ら構うな！　目の前の連中からぶちのめしていけ!!」

「「「うおおおおおおおおお!!」」」

アーダンの一声で更に士気が上がる。

各所で剣戟《けんげき》を繰り広げる仲間を助けるために、僕は単身で走り回る。

ノート様の土属性の本質は守り、誰かを助けたい時にこそ真価を発揮する。

だけど、こうも身勝手に動かれては困難だ。さすがに溜め息が出てきた。

即席パーティであるが故の事態だった。

ここにいる、僕を含めた六人は、全員がつい最近まで赤の他人同士だった。

……まぁ、それ自体は普通にあることとなんだけど。本来なら目的地までの道中に、少しでも親交を深めるべきだった。

しかし今回はそれができなかった事情がある。

簡単に言えば、リーダーと徹底的にそりが合わない。以上。

「変異種だろうが習性、動きは変わらねぇ。雑魚《ざこ》が群れるだけ無駄なんだよ‼」

アーダンは大口を叩くだけあって剣の腕は確かだ。次々とゴブリンたちを薙《な》ぎ払っていく。

相手はただの魔物ではなく、属性を宿した強敵。それでも怒涛《どとう》の活躍だった。

だけど、全員が彼のような実力を持っている訳じゃない。

仲間の一人が懐から短剣を取り出し、振りかざした、その刹那。

「ギィアアアアアアアアア！」

全身に、ゴブリンの雷撃を受けた。焦げ臭いにおいを散らしながら、口から煙を吐き、その場に倒れて動かなくなる。

ゴブリンたちは、油断することなく数の利を生かして逃げ道を塞ぎ、果敢に剣を振るってくる。

隙を見せれば雷属性魔法を放ち、前衛後衛に分かれて連携を取り、こちらの合流を阻《はば》んでくる。

「くっ、一人死んだ！　奴ら雷属性を使いだしたぞ！　ニノ、お前が避雷針になれ‼」

「無茶言わないでよアーダン！　ゴブリンたちも賢いから、僕を無視してくるんだ」

雷属性は土属性にあまり効果がない。

そういう属性の相性を理解している辺り、その戦術からしても、魔物でありながら知能が高いのがゴブリンだった。

そしてあの協調性は、アーダンも是非見習って欲しいところだ。

「それならさっさとグランゴーレムを出せ‼　あの魔導兵器なら奴らを蹂躙《じゅうりん》できるだろ‼」

「あれは僕一人の力で出せる召喚魔法じゃないよ。それに今は、ノート様も本調子じゃないから」

「はぁ……噂《うわさ》の精霊術師と聞いて期待していれば」

「ああ。口はうるさい、言い訳はする、やることは地味で、邪魔にしかならないな……」

パーティの面々からは酷い言われようだった。僕を責める時だけ連携が取れているように見えるのは、気のせいだろうか。

「チッ、これだから精霊術師は。肝心な時に役に立たない、自分の力で戦えない軟弱者め」

最後にリーダーのありがたい一言を貰う。

勝手に期待され、勝手に失望される。

ただ、悔しいけどアーダンの言う通り、精霊術師が安定性に欠ける職なのは確かだった。

ここぞという時の爆発力は随一《ずいいち》だけど、精霊様のご機嫌次第なところが大きいため、実力は常に上下する。

昨日使えた魔法が突然使えなくなることも珍しくない。その逆も然《しか》りだ。

――所詮《しょせん》、借りた力を行使しているだけ。自分で制御もできない偽《いつわ》りの力。

そう下に見る冒険者も多い。実際、凄いのは精霊様であって、僕自身もそれは認めている。だけど今回苦戦しているのはそのせいじゃないだろう、と僕は思う。

「お前たち、このまま守りの薄い前方に突っ込むぞ‼　俺について来い‼」

「「了解！」」

残った四人が相談もなく、奥に突き進んでいく。

僕がゴブリンたちを可能な限り引き付けているんだから、守りが薄いのは当然だ。

このまま連中をここに残していけば、確実に後ろを取られて挟み撃ちにされるけど、アーダンはそれに気付いていない。

仲間をやられて頭に血が上っているんだろうか。冷静さを失ったらおしまいだというのに。

「えっ……これ、僕が残って全部倒さないと駄目なの？」

◇

正式な冒険者として活動を始めて数日。最初の仕事は、ギルドからの調査依頼だった。

『最近、新たなダンジョンが発見されたらしく、ギルドから数名調査隊を送りたいのだが、〝例の件〟もあってここのところ人手不足でな。是非ともニノに協力してもらいたい』

ポートセルト近辺の地図を指差しながら、ザイルさんが説明してくれる。

彼は新人冒険者担当だったけど、本人たっての希望で僕の専属も務めていた。

ギルド内でも僕の活躍を広めているらしく、前回の一件から相当気に入ってくれたみたいだ。

『ここって、もう少し先に行けばアーリス教国の領地ですよね。懐かしいなぁ』

僕の故郷もその近くにある。自然豊かで精霊信仰に厚く、人の出入りも多い栄えた土地だ。

『今回の依頼はそのアーリスから回ってきたものだ。どうも近くに変異種が現れたそうでな』

『変異種ですか、珍しいですね。属性は？』

『雷だ。つまりこのダンジョンには、高純度の雷属性の魔光石があるということだ』

魔光石は、高濃度の魔力が結晶化して生まれる鉱石で、属性に応じた影響力を周囲にばら撒く性質がある。

その力を浴びて属性を得た魔物を、ギルドは総じて変異種と呼んでいた。

つまりこの辺りでは、雷属性の変異種が大量発生していることになる。

変異種は魔物本来の性質に加えて、各属性に合わせた能力も持つので危険度が格段に増す。

時間が経つと、より強大な魔物に属性が付与される可能性があるので、早めに処理しないといけない案件だ。

『でもこれって中級とか、もっと上のランクの人たちに持っていくべき案件じゃないですか？　下級冒険者の手に余ると思いますけど……』

冒険者にもランクがあって、超・上・中・下の四種ある。

変異種を討伐し、魔光石も除去するとなると普通は中級以上の仕事だ。はっきり言って下級冒険者では荷が重く、最悪全滅してもおかしくない。

『そうなんだがなぁ……ニノも知っているだろ？　最近、冒険者殺しが多発していることを……』

ザイルさんは厳しい表情で項垂《うなだ》れる。

ここしばらく、街では中級の冒険者が殺害される事件が相次いでいた。

どうも犯人は同一人物で、以前レイドとミスティを殺害した手口と同じだという。

しかも、目撃者の証言によればその人物は少女の姿をしているらしい。

『容疑者と思わしき少女が、この街でもたびたび目撃されているらしくてな。まぁ情けない話、怯えて顔を出さない冒険者も増えてきた訳だ。……おかげでうちも慢性的な人手不足さ』

ザイルさんは忌々《いまいま》しげに話しながら、その少女の人相書きを机に出す。

それを見た瞬間、僕はザイルさんの声が遠のくのを感じた。

何せその少女は、容姿が――

『しかも今回の依頼はアーリス教国からの至急の要請で、速やかに解決する必要がある。ニノたち下級冒険者を頼る他ないんだ。はぁ……』

『あはは……それは大変だ。犯人、捕まるといいですね』

――フィアーにそっくりだったのだ。

『はぁ？　私が二人を殺した犯人？　馬鹿ね……私なら死体を残すなんて生温《なまぬる》いことをするはずないでしょ？　抹消よ抹消。この世から生きた形跡すら残さず消し去るわ』

ザイルさんとの話を終えた後、僕がさっそくフィアーに事情を聞くと、そんな答えが返ってきた。

発言の内容はともかくとして。

闇属性を使えば、当然現場からその属性の反応が出てくる。

今時、闇属性の使い手はかなり稀《まれ》だ。もし反応があれば大騒ぎになっているはずだけど、今のところそんな様子はなかった。

何より、僕自身もフィアーのことは信用している。

『それじゃ結局、あの戦いの最中どこに行ってたの？　フィリスと一緒に捜したんだけど……』

『……内緒よ。だってバレたら面倒――いえ、何でもないわ』

とはいえ、こうして言葉を濁されると多少なりとも疑惑は残る。

フィアーはともかく、闇属性に関しては知らないことが多過ぎるのだ。

精霊様だって万能じゃないし、何かに縛られて強制される事情があっても不思議じゃない。

だけど詳しくは聞かないことにした。

『うん、わかった。それじゃ、フィアーから話してくれるのをずっと待ってるよ』

『……ありがと』

フィアーは小さく笑った。

ひとまず、事態が収束するまでフィアーにはしばらく屋敷で待機してもらうことになった。

『どうせ暇だし、家にいる間はニノに闇属性魔法を教え込んであげるわ』

『そ、それは……！　僕には荷が重いというか……！』

『ノートの力があまりにも情けなさ過ぎるのよ。護身用に覚えていても損はないでしょ？』

『て、手加減はしてね？』

『馬鹿ね、それじゃ訓練にならないでしょ？　本気でいくわよ』

『……僕、生き残れるかな』

ついでとばかりに闇を身体に叩き込まれた。まぁ……いい経験になったとは思う。

◇

ともあれそんな経緯があって、僕も含めた下級冒険者たちで、パーティを組む羽目になったんだけど……。

まず最初に、誰がリーダーをやるかで小一時間揉めた。貰える報酬に差が生まれるからだ。

集まったメンバーは、みなギルドに名前を売ろうと必死だった。

中級冒険者たちが怯えていると知って今が好機と見たんだろう。ここで活躍して冒険者としての格を上げようと、野心に溢れていた。

おかげで何をするにもいちいち喧嘩が始まる。結局リーダーには、実力のあるアーダンが就くことになったけど、彼はどうも僕を敵視しているらしく、何かと突っかかってきた。

馬車を借り、ダンジョンに辿り着くまでの道中でもいざこざがあって、正直疲れた。

ここにフィリスが居てくれたらと何度思ったか……だけど彼女は彼女で、冒険者としての頭角を現して、あちこちから頼られている状況だ。ここ最近は文字通り走り回っている。

「もう、キリがないな!!」

土壁《アースウォール》で囲いゴブリンの一体を隔離、岩槍《グレイブランス》で貫く。

ゴブリンは背丈に合わない拾い物の武器を使っているせいか、超至近距離では動きが鈍《にぶ》い。

一体ずつ確実に削っていく。レイドとの一戦を経て、僕もそれなりに動けるようになっていた。

あの戦いを思い返せば、この程度の魔物相手に苦戦する道理はない。

「……コイツで終わり!!」

だいぶ時間を食ってしまったけど、最後の生き残りを倒して、一息つく。

周囲には魔物の気配はなく、そして仲間の姿もない。

「さて、追いかけるとしますか。……無事だといいけど」

ダンジョンに一人取り残されたこの状況に、何だか既視感を覚えた。

僕って毎回置いて行かれる運命でも背負っているんだろうか？　……勘弁して欲しい。

◇

アーダンたちを追って僕は、ダンジョンの奥へと進んで行く。

途中、切り刻まれた魔物の死体と、壁に残された黒い焦げ跡を見つけた。

ここでも戦闘があったらしい。障害物を避けながら慎重に歩みを続ける。

さらに、先行していた四人のうち二人の遺体を発見した。

「……これはもう助からない、あそこにも……生き残っているのはあと二人か」

どちらも雷撃による熱傷で身体が酷く焼《や》け爛《ただ》れている。

この匂いに誘われて、他の魔物が寄ってくる可能性がある。冥福を祈りながら、遺体を進行ルートから離しておくことにした。

帰り道に新手《あらて》の魔物と遭遇しないための処置だ。近くにちょうどいい窪《くぼ》みを見つけたので、そこに並べる。

「装備を拝借します、あとでギルドに返すから。ごめんなさい！」

遺品として彼らが所持していた短剣を貰い、先を目指す。

――そして最深部。

天井を覆う雷雲が更に濃くなり、ダンジョン内だというのに小さな稲妻が落ちている。

外周の壁には、七色に輝く結晶が突き出ているのが見えた。

魔光石特有の、属性魔力を含んだ発光。ここにいるだけで自然と力が湧いてくる。

……当然ながらそれは魔物にも強い影響を及ぼす。

『グルルルルルルアアアアアアアアア』

「クソッ、逃げ足の速い野郎だ。剣が届かねぇ！」

「アーダン、どうするんだよ!!　こんな奴に敵う――があああああああ」

中央で暴れる、人型の蜥蜴《とかげ》。

魔光石と同様に七色に輝く鱗《うろこ》を持つ、リザードナイトの変異種だ。

ゴブリンの装備を奪い取ったのか、血で濡らした長剣を振り回し、盾でアーダンの攻撃を弾いている。

そして目の前で、串刺しになった青年を見せつけるように投げ捨てた。

「ニノ、お前も手を貸せ!!　俺以外、全員奴にやられた。このダンジョンの支配者だ!!」

到着した僕の存在に気付き、アーダンが叫ぶ。

言われるまでもなく僕は走り出していた、両手をゴーレムの腕で強化し力一杯に殴りかかる。

リザードナイトはそれに反応、大きく回避運動を取る。それを見計らって、アーダンが横薙ぎに大剣を振るう。

「落雷!?　無駄だ!!」

天井から雷撃が降り注ぐが、アーダンはそれを全て切り刻んだ。

事前に僕が土属性の魔力で強化《エンチャント》した大剣だ。維持するのに力を使うので、パーティで一番の腕利きのアーダンにだけ付与していた。

彼が剣を振るうたびに、リザードナイトの生み出す雷が掻き消されていく。

「反撃の隙を与えるな、このまま押していくぞ!!」

「……初めて意見が合ったね、僕も同じ考えだ!!」

二人で同時に攻め続ける。幸い、性格が合わなくても、目的が重なれば共闘はできるとわかった。

アーダンは、下級冒険者の中でも特に優れた剣技の使い手だ。その傲慢《ごうまん》な性格さえ改めれば、すぐにでも中級に上がれるだろうと言われていた。

協力してくれるのであれば、ここでは心強い味方だ。

「どうしたどうした？　今の俺には雷属性は通用しないぞ!?」

「アーダン、油断はしないでよ。あくまで雷を無効化するのは武器だけなんだから！」

アーダンが力任せにリザードナイトを押し込んでいく。

逃れようとした相手の周囲に、僕は土壁《アースウォール》で囲いを作りだす。

追い詰められたリザードナイトは、強靭《きょうじん》な脚力で飛び上がった。敢《あ》えて僕が薄くしておいた部分を突破してくる。

「馬鹿め、まんまと誘われたとも知らずに！」

それを見逃さなかったアーダンが、着地地点を予測して大剣を豪快に叩きつけた。

着地の瞬間を狙った一撃は、鈍い金属音と共に命中、対象を最奥の魔光石にまで弾き飛ばす。

間髪容れずに僕も岩槍《グレイブランス》を投げつけていく。魔光石も巻き添えを喰らい、亀裂が生じた。

砂煙が立ち込める中、アーダンが腕を組んで鼻で笑う。

「フンッ、本気を出せばこの程度の雑魚、俺の敵ではない」

「はぁ、調子がいいんだから……まだ終わったとは限らないよ？」

死体を確認するまでは、警戒しておかないと何があるかわからない。

そう、例えば、どこかにもう一体潜んでいるとか――

『グギャアアアアアアア』

「な、何だと!?　奴にはつがいがいたっていうのか!?」

「本当に増えちゃったよ……！」

新たに現れたリザードナイトは、双剣を掲げて尾っぽを激しく揺らし、瞳に殺意を滲ませていた。

相方を傷付けられ怒りに燃えているのだ。更に奥から小さな個体も四体加わり、一家総出で出迎えてくれる。

そこに最初のリザードナイトも手負いながら復帰し、全員が並んで同時に咆哮《ほうこう》した。

大地が揺れていると錯覚するほどの轟音が、洞窟の地下に反響していく。

その威力はひび割れた魔光石をも震わし、そして破壊した。

――パリン
破片を散らしながら崩れ落ちる石。周囲の雷属性を含んだ魔力が霧散していく。

図らずも目的は達成できた、もうここには用はない。

「よし、あとはどうにかコイツらをやり過ごして撤退すれば……！」

目の前の六体のリザードナイトから目を離さずにアーダンに近付いた、その時だった。

「――なっ⁉　おい、見ろ‼　魔光石の中から人が出てきたぞ⁉」

「……え？」

アーダンが驚愕した表情のまま立ち止まり、最奥を指差している。

釣られてその場所を見やると、瓦礫《がれき》の中に一人の少女が力なく倒れていた。

稲妻のように輝く金髪に、小さな身体。漏れ出た魔力が強い稲光を放っている。

それはどこか、フィアーとの出会いを思い起こさせる光景だった。

「せ、精霊様⁉　マズいぞ、奴らの狙いは雷の精霊だ‼」

◇

元来、魔物は強い魔力に惹《ひ》きつけられる性質がある。

魔光石に集うゴブリンやリザードナイトのように、奴らは魔力を喰らうことで成長していくからだ。

当然、精霊様の持つ強い魔力もその対象になりうる。

最強の属性力を持つ彼女らが、その辺の魔物風情に負けることはない……と言いたいけれど、例外はある。

それは誕生した時——つまり、精霊としての器《うつわ》を得たばかりの時に隙を突かれた場合だ。

あの様子を見るに、器を得てこの世に現れる前の段階で、魔光石から放り出されてしまったとしか思えない。

そして恐らく、力そのものも未発達なのだろう。そうでなければ、寝床を魔物に荒らされて黙っているはずがない。

運が悪過ぎた。僕たちは偶然にも、精霊誕生の場に足を踏み入れてしまったという訳だ。

魔光石を破壊されなければ安全に生まれることができたはずだけど、力を制御できない未熟な状態では、自衛は難しい。

もしこのまま放置すればあの少女は魔物に取り込まれて消滅し、最悪な怪物を遺《のこ》していく。

精霊様の力を得た魔物、それは将来的に魔王に匹敵する厄災に繋がるのだ。

「アーダン!!　あの子は何としてでも助け出さないと駄目だ!!」

「馬鹿を言うな！　地上に出て態勢を整える方が先だ!!　このまま連戦するつもりか!?」

ここに来て僕たちの意見が分かれた。精霊様の重要性を知っている僕と、知らないアーダンとの差だ。

だけど一から説明している時間はない。

六体にまで増えたリザードナイトと、このままここで戦うのは確かに無謀だ、気持ちはわかる。

だからといって精霊様を魔物に渡してしまえば、それこそ取り返しのつかない事態を招いてしまう。リザードナイトたちが警戒して様子を窺っている今しかチャンスがない。

僕は彼女の元へと走る。心の中でアーダンも協力してくれるように祈ったけど……。

「……依頼は終わったんだ、一人で勝手にくたばってろ！」

最後に見えたのは、出口に向かうアーダンの背中だった。

これぱかりは、彼を責めることはできない。ここから先は依頼とは無関係な戦いになるのだから。

「お前たち、その子に手を出すな‼　僕が相手になってやる‼」

リザードナイトたちは、動かない少女よりも敵意を向けている僕の方に目を向けた。

六体がそれぞれに散らばり、死角を狙って迫ってくる。僕は集中して両手に魔力を溜めていく。

この数の強敵を相手に、土属性の力で対抗するのは厳しい。それに、今なら他人の目もない。

ならば、使う属性はただ一つ。

「フィアー、力を借りるよ！」

前方に向けて黒い球体を放つ。小さな、光を遮断する暗黒が魔物を捕捉した。

『ギュイイイイイイイ』

リザードナイトの一体が黒球に触れた瞬間、その肉体が痙攣《けいれん》、直後に干涸《ひから》びる。

衝撃的な死を目撃して、他のリザードナイトたちは怯えだし、逃走する者もいた。

球体は敵の生命力を吸い、周囲の岩盤を抉り、破片となった魔光石をも取り込んでいく。

ダンジョン内にある、全ての生命を消失させることを使命に生み出された魔法。

――ソウルスティール。

一度発動すれば、付近の対象を狩り尽くすか、時間経過で消滅するまで誰にも止められない黒球だ。

フィアーから教えてもらった魔法の一つだけど……こんな危険なもの、多勢に無勢の状況でもない限り使えない。

「や、やばっ、こっちにまで影響が来てる、逃げないと!!」

倒れた少女を素早く背中に乗せて、来た道を引き返す。

触れた肌は冷たく、それでも胸の鼓動は微かに聞こえていた。

直後、蜥蜴《とかげ》の生命を喰らい尽くして大きさを増した黒死球《ソウルスティール》が、僕たちを狙って移動を開始した。

背後からダンジョンすら呑み込む、死の球体が追ってくる。

「大きいよ！　大き過ぎるって!!　こんなの制御できないから!!」

古い文献によれば、闇属性魔法は、元は人族を滅ぼすために魔族が編み出した技術だという。

そんなものを、人である僕が簡単に使いこなせるはずがなかった。

若干の後悔を覚えながら、僕は全速力で走り続けた。


出口から飛び出し、背中の少女を庇いながら地面を転がる。

「はぁはぁ……！　自分の魔法で死にかけるなんて笑えないよ……！」

一生分は走った気がする。

途中、置いてきた仲間の遺体に、少しの間だけど黒死球《ソウルスティール》が反応してくれたのが幸いだった。

酷いことをしたとは思うが、冒険者同士助け合いの精神、ということで許してもらえないだろうか……返事はないけど。

——駄目だ、僕も悪い意味でフィアーに影響されてきたかも。

「黒死球《ソウルスティール》は……お腹一杯で満足して消滅したか。ふぅ……助かった！」

脱出したダンジョンを振り返ると、そこには瓦礫の山が誕生していた。

目的はあくまで魔光石の破壊だったのに、やり過ぎた。依頼主に怒られなきゃいいけど。

「そういえば、転移石を持ってたのアーダンだよね……。ここから街まで徒歩で帰るのか……！」

◇

「はぁ……はぁ……。っ、疲れる……！」

予想はしていたけど、アーダンの姿はどこにもなかった。

転移石は貴重な物なので、遠方の依頼に向かうパーティに一つだけ渡され、リーダーが所持することになっている。

よって僕は、街から馬車で四日もかけた道のりを徒歩で帰ることになった。それも精霊様を背負いながら。

そんな苦行にも似た行進を続けられるのは、偏《ひとえ》にこの子を助けたいという想いがあったからだ。念のため食料を余分に持って来ておいたのも正解だった。前回の教訓が生きている。

「すぅ……すぅ……」

「気持ちよさそうに寝てる。見たところ怪我もなさそうだし良かった」

未だに目覚めることはないけど、精霊様は人と違って、最悪食べ物がなくとも豊富な魔力さえあれば問題ない。

心配になるくらい軽い体重は今の僕には助かる。でも後で、たくさんご飯を食べさせてあげたいと思った。

しばらく歩いていると、ポートセルトとアーリス教国を繋ぐ舗装路に出た。

ここまで来れば、どこかのタイミングで馬車に拾ってもらえるかもしれない。もう少しの辛抱だ。

「……でも、何事もそう上手くいかないよね……！」

背後に忍び寄る、複数の気配を感じて僕は走り出す。

生まれたての精霊様は、魔物にとって格好の餌《えさ》のはずだ。それを担いだ僕も、当然狩りの標的になる。

後ろを窺うとやはりゴブリンたちの姿が見えた。

属性は付与されていない通常種だけど、ここで戦うのは得策じゃない。

多分、近くに連中の巣があるんだ。周囲に反響する鳴き声がそれを示していた。

「――えっ……ここ……どこ……？　だ……れ？」

耳をくすぐる少女の声。もそもそと身体が揺れている。

ゴブリンたちの鳴き声がうるさかったのか、目を覚ましたみたいだ。

でも今は構ってあげられる余裕はない。

「ごめんなさい！　ちょっと今は取り込み中でして、舌を噛まないようにお願いします!!」

「……！」

小さく頷く少女。そして口と瞳を固く閉ざした。

状況を理解してくれたんだろうけど、フィアーと違い寡黙《かもく》な精霊様だった。

『キキィイイイ!!』

「ま、マズイ、回り込まれた!!　闇属性は……無理だよね!!」

前方からゴブリンが斬りかかってくる。

後ろに跳躍して回避、その間に背中に飛んできた矢を土壁《アースウォール》で弾き飛ばす。

そうこうしているうちに後続たちが追い付いてくる。木々を盾にして弓の射線を切っていく。

囲まれてしまった以上戦うしかない。

突破力では闇属性に頼るしかないけど、生命が豊富に集う地上で黒死球《ソウルスティール》なんて使えばどうなるか、想像するだけで寒気がする。

今の状況で精霊様を守りながら戦うのは厳しい。この子を一旦、どこか安全な場所に降ろす必要があった。

「さて、どうやってコイツらをやり過ごすか……」

現状、僕が使えるのは土壁《アースウォール》と岩槍《グレイブランス》くらいだ。

他にもフィアーから教わった闇属性魔法はいくつかあるが、これは今は考えないようにしておく。

一対一ならそれなりに戦えるけど、ダンジョン内と違い、広い地上では効率が悪過ぎる。

なにより、ここまでの連戦続きで体力が持たない。

「……置いて……行って」

少女が僕の服を強く握りながらそう呟いた。

その腕は微かに震えていて、勇ましい台詞とは裏腹に弱々しい。僕は少し考える。

見捨てるなんて選択肢はない。ただ、彼女にも協力的になってもらわないと、生き残るのは難しい状況だった。

「えっと、その、お言葉ですけど――」

「……トル」

「それは、名前ですか？」

「……うん」

言葉に詰まっていると、少女が名乗ってくれた。

トル、可愛らしい名前だなと思った。小柄な彼女に似合っている。

名前を教えてくれるということは、少しは信用に値する人物と評価されたと思ってもいいのかな。

「トル様、僕は精霊術師なので、この身を盾にしてでも貴方を守ります。それが役目ですから」

「……そう……なの？」

「そういうもんです。あ、僕はニノ・アーティスって言います、よろしくお願いしますね」

「う、うん」

その役目は今思い付いたものだけど、納得してもらえればそれでいい。

「ニノ、力……つか……う？」

「僕はその、雷属性は……使えないですね」

「……そう」

雷属性は風属性から派生して生まれ、数百年前に確立されたと言われている。

数百年前といっても、他の属性に比べたら新しい属性だ。

力と速さに特化している反面、扱いづらい。

自傷覚悟の諸刃《もろは》の一撃。包囲網を突破するには最適だろうけど……僕の得意とする、守り中心の土属性とは正反対で相性が悪い。

「安心してください。誰かを守りたい時にこそ、ノート様の真価が発揮されるんですよ？　それにフィアーだって力を貸してくれる。凄く頼りになるんです」

「……ノート？　……フィア？」

「トル様の先輩の精霊様方です」

首を傾げる少女。新参の精霊様だから、きっと名前に覚えがないんだと思う。

それなら、彼女の前で偉大な先輩方の力を見せつけてあげよう。そして何とかして、状況を打開する糸口を見つけ出すんだ。

◇

「はぁはぁ……。やっぱりどこかに巣があるな……これ」

体感で二時間は経っただろうか。倒したゴブリンたちの亡骸は既に五十を超えていた。

それでも一向に減る気配がないから、近くに奴らの巣が、それも複数存在しているとみて間違いない。

疲労で視界がぼやけてきた、守りを貫かれることも多くなり、傷も増えてきている。

何度も吐瀉《としゃ》しながら、それでも僕は懸命に足を動かす。拳を握り続ける。気持ちを奮い立たせる。

「……ニノ、がん……ばって」

木陰に隠れて、トル様がじっと見つめていた。

予定では弱々しい姿を見せるつもりはなかったんだけど、駄目だな。

両手で頬を強く叩き、気合を入れ直してゴブリンたちと対峙する。飛んできた矢を弾き、地面から槍を生み出して敵を貫いた。

「僕はまだ戦えるぞ……かかってこい……！」

奥の方から増援が来る。緑肌じゃない灰色の上位種《ゴブリンロード》の姿もあった。

通常種より戦闘に特化した、一軍を束ねる司令塔だ。甚大《じんだい》な被害を受けて、ついに本腰を入れたということだろうか。

「アイツを倒せば勢いを削げるか！」

土壁《アースウォール》を階段状に形成。その上を走りながら上位種の集団に向かって飛びかかる。

上空からの奇襲によって相手が怯んだ隙に、闇の沼を連中の足元にピンポイントで召喚する。

「開け、地獄の門《ヘルズゲート》」

キングトロールを呑み込んだ亡者の腕が、四方の沼から這い出てくる。

体力的にあの時の一割の威力もないけど、ゴブリン程度なら消し去るのは簡単だ。

『ギギィ……ギギギギギィィィィィ』

沼が逃げ惑う魔物を慈悲もなく、深淵へと引き摺り込んでいく。

ゴブリンロードもまさか開幕早々、地獄に叩き落とされるとは思っていなかっただろう。

彼らは悲痛な断末魔の叫びを上げながら消滅した。そして僕も、そのまま地面に倒れた。

闇属性は威力が高い分、消耗も激しい。考えて使わないと致命的な隙を生みかねない。

「これでもまだ足りないか……声が鳴り止まない……！」

それでも闇の力に驚いてか、ゴブリンたちは近寄ってこない。遠巻きに様子を窺っている。

こんな所で寝ている場合じゃない、今のうちに移動しないと。

逃げるチャンスだというのに、身体が言うことを聞かなかった。全身に重りを載せられているかのようだ。

「……ニノ、うぅ……立って……！」

誰かが足を掴んでいる。見ると、トル様が僕の身体を引っ張っていた。

小柄な彼女では動かせてもほんの少し、それでも懸命に、僕を生かそうとしている。

「置いて行ってください……その、休憩した後に必ず追いかけますから」

「駄目……それ……嘘！」

「ど、どうして？」

「私も……同じこと……言った……から！」

「……ははは、そりゃあ、通用しない訳ですね」

自己犠牲だなんて考えたつもりじゃないけど、トル様も同じ気持ちでいたらしい。

出会ったばかりの少女にここまでされて、立ち上がれないなんて男として情けないじゃないか。

全身に残された力を四肢に込める。血反吐《ちへど》が出つつも、身体は動き出した。

「はぁはぁ、よし、意外と……何とかなるもんだね？」

「ニノ、手……。歩く」

「……ありがとうございます」

トル様に支えられながら、ゆっくりと歩みを進めていく。

僕が倒れないように、何度も心配そうに顔を見上げる姿はとても健気《けなげ》だった。

保護欲というものだろうか。絶対に助けてあげたいという気持ちが、僕に力を与えてくれた。

◇

ゴブリンは、一度狙った獲物は決して見逃さず、執拗《しつよう》に追ってくる。

一度集団に襲われれば、上級冒険者ですら追い詰められてしまうこともあるらしい。

特に巣に近いゴブリンの集団には、さっきのような上位種も含まれており、危険度は更に増大する。

これは冒険者なら誰でも教わる常識みたいな話だ。とはいえ実際に体験してみないと、本当の恐ろしさはわからないものだった。

「もう追ってきたのか……いい加減キリがないね……！」

「が、がんばる……ニノ！」

あの一戦を経ても、稼げた距離はたかが知れていた。

次の集団が来る。そこには上位種《ゴブリンロード》の姿も何体か見かける。

そろそろ本格的にマズくなってきた……最悪、あの切り札を使うしかない。

今も懸命に支えてくれているトル様を見下ろす。視線に気が付いたのか彼女も僕の顔をじっと見つめている。

「……精霊契約」

「けい……やく」

同時に言葉が出た。

フィアーの時と同じ仕組みだとすれば、契約さえ結べば、僕でも雷属性を扱うことができる。

包囲網を抜けて追っ手を振り切るには突破力が必要で、雷属性はその目的に一番適した力だ。

でもそれには、えっと、口づけが必要で……。

生まれたばかりの無垢な少女に、それを求めるのは少し酷じゃないかと思った。

「……いいよ」

「あの、簡易契約の方ですよ？」

「……？」

トル様が考えているのは、本来の精霊契約だろう。

ただそれでは準備に時間がかかるし、敵に追われながらできる儀式じゃない。

僕はトル様に、フィアーから教わった簡易契約の概要を伝えた。

「トルには……ニノしか……いない。助け……たい」

それでもトル様は頷いた。その金色の瞳は真剣そのもので、迷いなんて微塵《みじん》も感じさせない。

……僕しかいないといっても、彼女は僕しか知らないというだけのことだ。

簡単に受け止めてしまっていいものか迷う。とはいえ、時間も限られている。

たった一瞬、でも一生分の思考を巡らせて、覚悟を決めた。

「せ、責任は取りますので、その、失礼します……！」

「……ん」

お互いに目を瞑っての不器用な接触。

歯と歯がぶつかる音がする。

これで、闇と雷の二重契約になった。どちらも僕の主義に反した攻撃特化の力だ。

でも、受け取った想いは優しく、とても温かいものだった。

「いい加減、追いかけっこは飽き飽きしていたところだ。もう、終わらせるよ……！」

トル様を背中に隠しながらゴブリン軍団の前に立つ。

雷属性を引き出し、足元へと強化《エンチャント》を加えていく。

「いくぞ!!」

疾走。砂煙を上げて地上を駆け抜ける。

視界が一変した。敵に向かっていくだけで、ゴブリンたちが悲鳴を上げる。

走る僕の周りに、大地を焦がしながら、地面を穿ちながら、紫電が撒き散らされていく。紫電は手近なゴブリンの体を焼き、周囲の生命を破壊する。

だけど速い、いや、ちょっと速過ぎる。

「と、とととととと、止まらない!?」

速度を落とそうとした途端、両足から血が噴き出した。制御が利かずにつんのめり、宙に投げ出されてしまう。

地面に身体を打ち付け、受け身も上手く取れなかった。頭から生温かく赤い液体が流れてくる。

「ぐあっ……い、痛い……。こ、これは、ちょっと使いづらい……かな……？」

「ご、ごめん……なさい。む、むずかし……！」

トル様も困惑しているように見える。単純に力の制御ができていないらしい。

ただでさえ扱いづらさで有名な雷属性だ。ここは戦い慣れている僕が引っ張っていかないと。

呼吸を整え、意識を集中させる。

疲れも傷も酷いが、頭は鮮明に働いていた。

守りたい者がいれば力を発揮できるのは、僕も同じだ。

「トル様は力を抜いてください。僕の方で制御しますから」

力を借りる立場の精霊術師と違い、今の僕と彼女は、互いの魔力を共有している状態だ。

精霊様が本気を出せば疲労困憊《ひろうこんぱい》の僕では受け止め切れず、バランスを簡単に崩してしまう。

逆に極端に弱めてもらえれば、こちらで合わせやすくなるのではと思ったのだ。

「ゆっくり、落ち着いて、大きく息を吸って……！」

「う、うん。すぅ、すぅ……」

「そうです、上手ですよ」

小さな子供に言い聞かせるようにして、トル様に指示する。よし、いける。

雷属性はいわばやんちゃな暴れ馬だけど、これなら上手く使いこなせそうだ。

「雷よ、僕に翼を!!」

背中に走る熱と共に具現化したのは、左右に広がる雷の翼。

風属性の派生だけあって、移動用の魔法も備わっている。

初めからそこにあったかのように、自在に両翼を操ることができた。

「行きますよ、掴まってください！」

トル様を抱きかかえて、空へ飛び上がる。

と、言ってもせいぜい人二人分の高さだ。浮いていると表現した方がいいかもしれない。

それでも、高速で飛行する僕たちに追い付けるゴブリンは存在しない。

辺りに雷を起こしながら、僕たちはまっしぐらに飛んだ。

立ち塞がるゴブリンは翼で薙ぎ払い、焼き焦がして突破する。

「速い、いける……！　このまま街まで一気に突っ走る……！」

「……ニ……ノ」

僕から流れる血で汚れたトル様が、今にも泣きそうな顔をしている。

翼を維持するだけでも負担が掛かるのか、身体中が悲鳴を上げていた。

それでも、脳が興奮しているのか全く痛みは感じなかった。


しばらく飛ぶと、遠くの方に薄っすらと建物が見え始めた。馴染み深いポートセルトの街だ。

馬車で四日はかかる道のりを、僅か数時間で駆け抜けたことになる。これが雷属性の力。

「ここまで来たらもう安心だ、やっと屋敷に戻れ——あれ……？」

安堵から一転、世界が暗転する。

違和感を覚えたのも束の間、僕の身体は地面に叩き付けられていた。雷の翼《サンダーバード》も消えてしまっている。

地面を転がる僕から放り出されたトル様は、宙を舞って、そして綺麗に着地。

「ニノ……？　ニノ!!」

叫びながら近付いてくる少女を不思議に思いながら、僕は重たくなる瞼《まぶた》と格闘を続けていた。

「眠たい……すっごく眠たい。ここからベッドまで遠いなぁ……」

「死んじゃ……だめ!!」

「大丈夫ですよ、少し、寝るだけですから……ほんの少し、休むだけ……」

「寝たら……死んじゃう！」

慣れない属性を無理に使い続けたからか、思考もハッキリしない。

多分、寝ても大丈夫な気がするけど、トル様の言う通り二度と起き上がれない気もする。

僕の意識が落ちないように、耳元で呼びかけながらトル様は腕を引っ張っていた。

こうして、不格好なまま僕たちは街に帰還することになったのだった。

第七話　新たな仲間

胸に圧迫感。重くはないけど軽くもない、不思議な感覚だ。

ゆっくりと目を開けると、毛布越しに何かがモゾモゾと動いていた。時々、僕の名前を呼んでいるのも聞こえる。

少し暑苦しいのを除けば、それはどこかお日様の匂いがして、心地よい眠気を誘ってくれる。

「フィアー……また忍び込んできたの？　もう少し離れて……あれ？」

うっすらとした視界の中に、紫ではなく金色の髪が見えた。

小さく丸くなって、僕の服を毛布ごとしっかりと握り締めている。

それがいつもの少女の姿ではないことに、一瞬戸惑ったけど、やがて僕は小さく息をついた。

「……心配かけちゃったなぁ。昨日もずっと泣いていたみたいだし」

屋敷に戻ってから、トルはずっと僕の傍を離れなかった。

フィリスの伝手《つて》で回復魔法の治療こそ受けられたものの、怪我は酷く、ここ数日寝込んでいたので、僕が死にかけていると勘違いしたらしい。

涙を流しながら必死にしがみつく姿に、フィリスがそっとしてあげようと提案したのを覚えている。

だけどフィアーがそれを許さず、自分の部屋に連れて行ったんだっけ。

契約してからトルは、僕を素直に慕ってくれていた。

若干、人見知りが入っているのか、フィアーやフィリス相手だと縮こまることもある。

でもそれは単純に他人に慣れてないだけで、時間が解決すると思う。僕も短い期間で気楽に呼び合える仲にまでなれたし。

寝息を立てている彼女を起こさないように、ゆっくりベッドを出ようとした途端、部屋のドアが勢いよく開かれた。

「ちょっと!! 私が目を離した隙に、二人で何をやってるのよ!?」

フィアーが枕を片手に怒鳴り声を上げる。

血走った瞳で目的の少女を発見するや否や、ドスドスとわざとらしく足音を立ててやってきて、毛布を引っぺがした。

トルの身体が宙を舞う。そのまま床を転がっていき、最後には壁に当たって仰向けになった。

「うぅ……痛い――あっ、ふ、フィア!? こ、怖い。ニノ、怖い!!」

目を覚ました途端、トルは素早い動きで僕の後ろに隠れた。

命乞いをするかの如く、怯えた表情でフィアーを見つめている。

「怒っているのだから怖いのは当然じゃない! そこは私の場所よ、離れなさい!!」

「やだ……! 離れ……ない。フィア、いつも……怒る!」

「それはトルが勝手なことをするからでしょ? いつもいつも部屋を抜け出して、私だって本当はニノの隣で寝たいわよ!! でも、私がお姉さんでしっかりしないと駄目だから、我慢してるっていうのに!」

「ニノ……いないと……寝られない」

「精霊の癖に一人で眠れないなんて、情けないことを言わないの!!」

僕の前で言い争う二人。内容は微笑ましいけど、二人とも常人離れした実力の持ち主だ。

そして、その二人と契約しているために、彼女たちの熱量が上がると物理的に僕の身体の熱まで上昇していく。

闇と雷の膨大な魔力が、ちっぽけな人の器の中で大暴れし始めた。

「熱い熱い!! 死ぬ、死んじゃう!! 二人とも本気で喧嘩はしないでよ!?」

全力で二人を止めに入った。最悪、暴走して街を破壊しかねない。

「まったく、ニノはまだ体調が万全じゃないのだから、無理をさせたら駄目でしょ？ 反省しなさい」

「ごめん……なさい」

「それフィアーが言えたことじゃないよね？」

ベッドの上で僕を挟み込むようにして二人は座った。

どちらも身体が小さいので、足をフラフラと宙に浮かして僕を見上げている。

「はい、さっきうるさい人族から貰った朝食よ。ニノ、口を開けて？」

「え、まさか……フィリスの作品じゃないよね……？」

フィリスの作る料理は、一種の芸術品と呼べるほどに食べ物から逸脱している。

あの味は地獄の門《ヘルズゲート》よりも地獄を連想させる。思い出すだけで背筋に冷たい汗が流れた。

するとフィアーは溜め息をついて、膝元に湯気の立つ容器を置いた。

「あの人族に作らせるくらいなら私が作るわよ。安心しなさい、外の店で買ったやつよ」

自分も料理ができないことを棚に上げて、フィアーはスープの入ったスプーンを僕に押し当てる。

ベッドの上には、まだ手を付けられていない大量の容器が並んでいた。

僕の好みの品で埋まっているけど、フィリスが選んだのだろうか。

「……もしかしてまだ怒ってる？」

「別に、怒ってないけど？　気のせいじゃない？」

そうは言うものの、フィアーの動作は少々荒々しい。

スプーンの中身が零れて僕の足にかかり、ベッドのシーツに染みが生まれる。

フィアーを見ると明らかに不機嫌そうに顔を逸らされた。今のは絶対に確信犯だ。

「……だって？　ここから出られない私が悪いんだし？　ニノが外で他の精霊と契約しても、私は気にしてないから。ほら、早く食べて元気になりなさいよ！」

「熱い！　そこ僕の頬だから!!　絶対気にしてるでしょ!?」

独占欲の強い彼女に無断でトルと契約したせいか、フィアーは嫉妬を隠そうともしなかった。

一応止むを得ない理由があってのことだし、一度は納得してくれたけど。それでも気持ちが追い付いていないみたいだ。

僕たちの様子を黙って眺めていたトルが、フィアーを真似てスプーンを口元まで持ってくる。

「あーん。……食べて？」

「トル、ありがとう」

「美味……しい？」

「美味しいよ」

「そう……よかった」

満足そうに頷いて、もう一度食べさせてくれる。

「何よ、私のは食べられないっていうの？」

「頬じゃどう頑張っても食べられないよ」

「ニノはいつからそんな屁理屈を言うようになったのかしら……もう、仕方ないわね……」

渋々とフィアーも、僕の口にスプーンを運んでくれた。

……ところで、一人で食べ切るには多過ぎる量なんだけど、全部食べないと駄目なんだろうか。

◇

「ここはいつ来ても賑やかだね」

「目が……回る」

朝食後、僕はトルと二人で街の市場を歩いていた。

最近はまた寝て過ごすだけの日々が続いていたので、外を出歩きたい気分だったのだ。

冒険者殺しの事件がなければ、フィアーも連れて来たかったんだけど仕方がない。

『浮気者』と恨み言を残していた彼女には、何かお土産を持って帰ろう。

「あとでギルドにも寄らないと。ザイルさんも心配してくれてたみたいだし」

ギルドの方には、フィリスに頼んで帰還報告だけはしてもらっていた。

体力も戻ったことだし、元気な顔を見せに行こう。でも、今はそれよりも。

「トルは何か欲しい物とかある？　何でもいいよ？　極端に高い物じゃなければ」

「……欲しい……物？」

トルは僕を見上げて首を傾げた。

当初はボロボロの薄着だった彼女も、今はフィリスの御下がりをもらって、ゆったりとした衣服を着込んでいる。

街で見かける可愛らしい子供たちと変わらない見た目で、隣を歩いていても違和感はない。

せっかくだから、僕からも何かプレゼントをしたかった。これから一緒に暮らしていくんだし、その記念の意味も込めて。

市場を見渡す。できれば消耗品ではなく、形として残る物がいいなと思う。

ふと、小さな露店が目に入って立ち寄ってみる。

色々な種類の帽子を取り扱っているらしい。異国情緒漂う、不思議な模様の入った帽子が数多く並べられていた。

「いらっしゃい、何かご入り用ですか？」

売り子の青年が話しかけてくる。

「この子に何か買ってあげたいなぁと思って」

トルは棚の商品を、口を開けて眺めていた。何もかもが初めてで圧倒されているらしい。

覚束ない足取りは見ていてちょっと心配になる。

その様子をしばらく観察していた青年は、棚から一つ手に取って僕に勧めてきた。

「お嬢ちゃんにはこれなんか似合いそうだね」

それは少し大きめの、黒い帽子だった。

今後の成長も考慮しての選択なんだろう。受け取ってトルの頭に被せてみる。

「わぁ……見え……ない。ニノ……どこ？」

深く被せると前が見えないらしく、僕の方に倒れ込んできた。

帽子を上げると視線が合う。恥ずかしいのかトルの頬が赤く染まった。

「お嬢ちゃんは人見知りみたいだし、それがあれば周りの視線も気にならないんじゃないかな？」

「人見知りだなんて、よくわかりましたね？」

「こちらに顔を向けず、ずっと商品ばかり見ていたしね。まぁ、帽子を求める人ってその手の人が多いから」

なるほど、と彼の言葉に納得してお金を支払う。

改めて帽子をプレゼントとして渡すと、トルは深々と被って俯いてしまった。

表情は見えないけど、きっと喜んでくれているんだと思う。

「そのままだと危ないから、手を繋いで行こうか？」

「……！」

僕はトルの手を強く握る。人通りも多いし、転んだりしないように。

そのまま二人で、ギルドに向かって歩みを進めた。

◇

ギルドを訪れて、最初に抱いたのは違和感だった。

いつもなら人混みで溢れている掲示板《クエストボード》の前に、今は片手で数えられる程度の人しかいない。

職員たちの喧騒はそのままだけど、少し意味合いが変わっているようにも聞こえる。どこか切羽《せっぱ》詰まっている様子だ。

不安を覚えながらも、僕はいつもの受付に向かう。

「おはようございます、ザイルさん。ニノ・アーティス、ただ今帰還しました！」

元気よく声をかけると、受付の椅子を回し、ザイルさんが手を上げて応えてくれた。

「おう、無事で何よりだ、お寝坊さん。心配していたんだぞ？」

「ご迷惑をおかけしました。傷も治りましたし、もう大丈夫です」

「そうか、それは良かった。……先日アーダンの奴が、ニノがリザードナイトの変異種にやられたと抜かすもんだから、お前は仲間の無事を信じていないのかと、怒鳴《どな》りつけてやったところだ」

「ははは……何だか既視感がありますね」

先に戻ったアーダンは、僕が死んだものだと考えてギルドに報告していたらしい。

レイドやミスティと違って故意ではないけど、そこで救援を要請しなかったのは薄情過ぎると思う。

とりあえず、僕からもザイルさんには詳しい事情を説明する。彼は厳しい表情でそれを聞いていた。

「ふむ、後で奴にはもう一度強く言っておこう。……剣の腕前だけを見れば、中級クラスなんだがな。今回の依頼でも、司令塔として活躍してくれることを期待していたんだが、結果はこの有様だ」

「実際、戦闘の時には頼りになりましたけど……その、犠牲を出してしまって……」

「いや、今回は下級冒険者には危険な依頼だとわかっていて、最終的な判断を下したのは俺たちだ。そこはこちらの落ち度だよ。それに話を聞く限りだと、アーダンたちによる独断だったんだろう？ニノが気にすることじゃないぞ」

「ですけど……」

そうはいっても、目の前で何人もの仲間が犠牲になっているのだから責任は感じる。

下級冒険者の集まりとはいえ、それなりの人材は揃っていた。足りなかったのは互いの信頼だろうか。

もっと上手く立ち回れていたら、犠牲は出なかったのではないかと思うと、少しやるせない。

「過ぎたことをくよくよ悩んでいても仕方がない。亡くなった者を想うのは素晴らしい心がけだが、いつまでも引っ張られていては駄目だぞ？　重要なのは自分が生き残ったこと、これに尽きる。自分の身は自分で守れてこそ冒険者だ」

ザイルさんが言っていることはもっともな話だ。

「幸い、連中とは特別仲が良かった訳じゃないんだろ？　酷い話に聞こえるかもしれんが、いなくなった者のことは忘れてしまった方が気が楽だ」

「……そうですよね。冒険者ってそういう仕事ですもんね」

いちいち犠牲になった人のことを考えていたら動けなくなってしまう。

それは怖いほど理解できた。僕も立ち止まっていないで前に進まなければ。

「……ところで、ずっと気になっていたんですけど、今日はやけに静かじゃないですか？　いつにも増して緊張感があるというか……もしかして、何かありました？」

周囲を見渡しても僕以外の冒険者の姿はほとんどない。

普段のギルドの賑わいを知っていれば、誰だって異常事態だとわかる。

「あぁ……やはりニノも気が付いたか。いや、ついに恐れていた事態が起こってしまってだな……」

僕の質問を予測していたのか、ザイルさんは溜め息交じりに書類を引っ張り出し、僕に手渡した。

眉間に皺を寄せて目を通していく。

内容は、最近よく耳にする事件の最新情報だった。

「つい三日前、例の少女に二人殺《や》られた。しかも犠牲になったのは、この街の数少ない上級冒険者だ」

◇

各地にある冒険者ギルドは、所属する冒険者をその実力に応じて超・上・中・下の四つの分類に振り分けている。

登録したばかりの冒険者はみな一様に下級から始まり、そこから実績を挙げてギルドから推薦を貰い、試験に合格することで中級冒険者になれる。

中級は冒険者全体の中では一番多く、大半の実力者はこの位置で落ち着くことになる。

細かく言えば中級の中でも更に分類が四つあるんだけど、今は割愛。

上級になるためには中級冒険者たちからの一定の支持と、ギルド長からの推薦を受け、その上ギルドの本部で開催される特別試験を受ける必要があった。

超級に至っては現状、世界でたった八名しかおらず、《八剣神》と呼ばれて畏《おそ》れ敬《うやま》われている。

規格外の超級はともかく、上級は僕たち冒険者にとって一種の到達点だ。

全盛期のレイドですら上級一歩手前で脱落したと聞けば、そのレベルの高さが窺えるだろう。

それほどの実力を持つ上級冒険者が、二人も殺されたのだ。ギルドの職員たちがにわかに慌ただしくなるのも納得できる。

確か、ポートセルトに常駐していた上級冒険者は十二人。

その多くが、冒険者殺しの犯人捜索に当たっていたというのに、こんな事態になってしまった。

「さすがに今回の件で、腰の重い本部も動いてくれてな、あの《八剣神》の一人を寄越《よこ》してくれた。今は上階の応接室で、うちのギルド長と話しているよ」

「それは本当ですか⁉」

世界で通用する実力者の一人がすぐ近くにいる。

その事実に、不謹慎ながら心が躍ってしまった。僕も冒険者として随分と染まっているみたいだ。

会ってみたい、会って話を聞いてみたい。だけど、忙しくてそんな暇はないだろうなぁ。

「ん？　そういえばアイツら、ニノに会いたがってたな。ちょっと待っててくれ、今知らせてくるからな」

まるで旧来の友人を呼ぶような、親しげな感じでザイルさんが恐ろしいことを言ってのけた。

「……へ？　えええええええええ⁉　ぼ、僕にですか⁉」

「ニノ、危ない……！」

思わず椅子から転げ落ちそうになるのを、隣で黙っていたトルが支えてくれた。

「なんせあの伝説の、グランゴーレムを召喚した下級冒険者だからな。この街でもそうだが、本部の方でもかなり噂になっているらしいぞ。将来が有望な期待の新人だとよ、担当である俺の鼻も高いぜ！」

ガハハハ、と大きな声を響かせ階段を上っていくザイルさん。

実際、僕と出会う冒険者はみなグランゴーレムの印象を強く持っていた。

これまで関わりがなかったアーダンたちでも知っていたくらいだ。

だけど、まさかポートセルトから遠く離れた、冒険者ギルドの総本山でも噂になっているとは思わなかった。

しかもあの《八剣神》にまで認知されているとは……。緊張で手足が震えてきた。

◇

「やぁ、君が噂の少年か。俺の名はカーレン・ロスター。一応、巷《ちまた》では《八剣神》と呼ばれているけど、まあ、その中でも一番の新参者なんだよね。だから緊張しなくていいし、気楽にしてくれ」

応接室で僕を迎えたのは、灰色髪で背が高く、線の細い男性だった。

背中には、柄が異常に長い黒曜の巨剣があり、カチカチと音を立てて揺れている。

髪はボサボサで、服もちょっと冴えない印象。横に並んでいるザイルさんの方が強そうに見える。

その風貌だけだと、あらかじめ知らされていなければ、街で見かけても冒険者と気付かなそうだ。

やっぱり、世界の実力者は常人とはかけ離れた感性をしているんだろうか？

「は、はい。僕は、ニノ・アーティスです！　よ、よろしくお願いします！」

「おう、元気な挨拶だ。それにいい目をしている。気に入ったよ。俺のことはカーレンと呼んでくれて構わない。よろしくな、ニノ君」

「ありがとうございます。カーレンさん！」

カーレンさんは緊張で硬くなった僕の背中を、ポンポンと叩いてほぐしてくれる。

《八剣神》だからといって傲慢《ごうまん》な振る舞いをする訳でもなく、とても気さくな人だった。

おかげで僕もすぐに自分を取り戻すことができた。

「あら、可愛い子じゃない。精霊術師って変人が多いって印象があるから、少し警戒していたんだけど」

そこへ、新たに茶髪の女性がやってきた。

「こらこら、彼に失礼だろ？　――いや、すまないね。アーシェはいつも口が悪いんだ、許してやってくれ」

カーレンさんは彼女に右手を振って注意する。

そして、もう一つの右手で僕に握手を求めてきた。

驚くことに、カーレンさんの腕は四本あった。肩の部分から、精密に作られた二つの銀腕が生えているのだ。

僕に向けて差し出され、ぎこちなく動くそれは、失礼ながら大変気味が悪かった。

「ん？　これが気になるのかい？　いやぁ俺の魔剣アスカロンはかなりやんちゃでな、取り回すのに腕が二本じゃ足りないんだよ。だから知り合いの土妖精《ドワーフ》に特注で作ってもらったんだ。ちなみに追加の右腕が〝アリン〟、左腕は〝レイン〟だ。いい名だろう？」

「は、はぁ……そ、そうですね」

自慢げに話されても反応に困る。素敵ですねと答えればいいのだろうか。

視線で大人に助けを求めるも、ザイルさんは黙って成り行きを僕たちに委《ゆだ》ねていた。

とりあえず握手だけ交わして距離を取ると、その様子を眺めていた女性が走り寄ってきた。

「ねぇねぇ、《八剣神》の一人がこんなのでガッカリした？　カーレンって見た目通りの馬鹿でしょう？　自分の腕に名前を付けているのよ？　隣を歩いていると目立って恥ずかしいのよね。君が――ニノ君だっけ？　ニノ君がまともな感性をしていてくれて嬉しいわ」

耳元に顔を寄せながら、相方にも聞こえるように暴言を吐くこの人にも驚いたけど。

改めて彼女を見ると、かなり出るところが出た、スタイルの良い女性だった。

一見、魔法使いがよく身に纏うローブのような服装をしているが、改造しているのか丈が短くカットされていて、生足が出ている。

腰には先端に鉄球のついた長い杖。見た目によらず武闘派なんだろうか。

「私はアーシェ・フィル。上級冒険者で、カーレンとはまぁ幼少からの腐れ縁ね。とりあえず、私は至ってまともだから。何か困ったことがあれば、この胡散臭《うさんくさ》い男じゃなくお姉さんを頼ってね？」

「おいおい、酷いなぁ。さっそく俺から可愛い後輩を奪っていくつもりかい？」

「変な趣味をひけらかして後輩を困らせておいて、それに気付かない先輩が頼りになるはずないでしょう？　ニノ君に悪い影響を与えないように隔離しておかないと！」

アーシェさんは僕の前に立つと、見せつけるように手を握ってくれる。

やれやれとカーレンさんが先に折れて、苦笑いをしながら頭を掻いていた。

アーシェさんは超級に近い立場にいる上級冒険者だそうで、本部からの要請を受け、カーレンさんの補佐としてポートセルトを訪れたらしい。

二人の仲の良さは、今の一連の会話を聞いていればよくわかった。

「うぅ……ニノから……離れる！」

先程から蚊帳《かや》の外だったトルが、怒った声でアーシェさんの背中を引っ張っている。

帽子を被っていて表情まではわからないけど、僕に近付くアーシェさんが気に食わないらしい。

人見知りの彼女にしては珍しい行動だった。

「あらら、精霊ちゃんに嫉妬されちゃったかしら？　ごめんなさいね。そういうつもりじゃなかったの」

口元に手を当てて、素早く引き下がるアーシェさん。それを聞いたトルは、驚いて僕の後ろに隠れてしまった。釣られて僕も驚いていた。

「トルが精霊様だってわかるんですか？」

トルの正体については、実はギルドにも報告していなかった。

それは、あまり大勢の人に存在を知られても――たとえ好意的に受け入れられたとしても、幼い彼女にとっては重荷にしかならないと思ったからだ。あえて明言する必要もないだろうと考えていた。

とはいえ、いつまでも隠し通せるものでもないし、いずれ露見するだろうとは思っていたけど……こうも早くに気付かれるとは。

「それだけ強い属性力を宿した少女が、精霊術師の傍にいればね。本職じゃなくても察せるわよ」

「……ちょっと待て。精霊って、その子が精霊なのか⁉　おいニノ、俺は聞いてないぞ⁉」

「おやおや、ザイルさんは知らなかったのかい？　ニノ君の担当なんだろう？　そんなんじゃ駄目だぞ、ギルド職員さん」

「わかる訳ないだろう⁉　俺にはただの子供にしか見えないぞ！」

相手の力の本質を一目で見抜くなんて、そう簡単にできることじゃない。

特に今は街中で、トルも力を抑えている。普通の人からはザイルさんと同様、ギルドの見学か何かで来た子供にしか見えないはず。ザイルさんの反応の方が自然なのだ。

アーシェさんは事もなげに言っていたけど、僕にとっては上級冒険者ですら、雲の上の領域なのだと思い知らされた。

「どうもアーシェが調子に乗っているみたいだが、ネタばらしをするとだな。俺たちはつい先日、別の精霊と出くわしたばかりなんだ。つまり事前に予習済みだった訳だな」

「ちょっと、せっかく後輩にいいとこ見せられたと思ったのに酷いわね。さっきの仕返しかしら？」

「いやいや、それでも凄いですよ。僕の幼馴染なんて、すぐ隣にいる精霊様にすら気付かないんですよ？　本職の精霊術師なのに……！」

フィリスは未だにフィアーのことを可哀想な迷子だと思い込んでいる。

さすがにトルが雷の精霊であることには、自力で気付いたらしい。ただそれも、僕が雷属性を扱っていたという情報ありきだし。ちょっと鈍過ぎる。

「俺たちが出会った、大地の精霊の少女はかなりの手練《てだ》れだったからね。それと比べたらそこの精霊ちゃんはわかりやすい方だよ。雷はまだ新しい属性だし、それを司《つかさど》る彼女が若く未熟なのは当然だ」

「……うぅ」

面と向かって未熟と言われたトルは、あからさまに拗ね始めた。

——一方の僕はというと、全く別の単語に反応していた。

「カーレンさんたちはノート様とお会いしたんですね!!　どうでしたか！　お元気そうでしたか!?」

「おおう、ニノ君、少し落ち着こうか。君が大地の精霊を好きなのはよーく理解したから」

「あ、ご、ごめんなさい……！　つい興奮してしまいました」

我を忘れて大先輩に詰め寄ってしまった、恥ずかしい。

「……ニノ！」

トルはトルで、帽子の下で何やら唸《うな》っていた。腕を強くつままれて痛い。

「彼女からは、街に危険が迫りつつあると警告を受けたよ。どうも急いでいる様子で他に話すこともなかったが、会ったのはポートセルトに着く直前だった。もしかしたら意外と近くに潜んでいるんじゃないかな？」

「そ、そうですか……！」

ノート様が傍にいる。そう考えただけで胸が痛くなる。

幼少の頃からお慕いしていた精霊様。もう一度会って伝えたいことがたくさんあった。

「……むぅ」

そしてトルはひたすら僕の足を踏んでいた。後で彼女にも色々と話すことができちゃったな。

「はいはい、今は精霊ちゃんの話は置いておくとして。カーレン、早く本題に入りましょう。このままだと日が暮れてしまうわ」

「あーすまない。そうだったな……俺たちはニノ君と、それから君と同じ精霊術師であるフィリスちゃんに、お願いしたいことがあるんだ」

一度、咳払いを挟んでから、カーレンさんはこちらに向き直った。

その表情は先程までの気楽さは一切なく、真剣な瞳をしている。

親しみやすい先輩ではない、超級冒険者としてのカーレン・ロスターが僕の前に立っていた。

「件《くだん》の冒険者殺しの少女討伐に、是非とも君たちの力を貸して欲しい。……ちなみにこれは、ギルド本部からの要請だ。拒否権はないと思ってくれ」

第八話　雨の降る日

「ふーん、それで私の〝偽物〟は見つかったの？　いい加減、早く外に出たいのだけど。部屋に閉じこもって埃を被っているのにも飽きてきたわ」

「残念だけどまだだね……。あれから毎日街中を捜索しているけど、手掛かりは今のところ一つもなし。先が思い遣《や》られるよ」

「そう、それは退屈ね……」

雨で視界が塞がれた窓を横目に、フィアーは机に突っ伏していた。

だらけきった姿勢で、コップの中の水を指で延々と掻き回している。モクモクと謎の黒い煙が出ていた。

何をしているのか気になるけど、多分意味なんてないんだろう。

僕は自分の作業に戻った。

街で借りてきた農具を床に広げて、一つ一つ布で丁重に泥を拭き取っていく。

最近は鬱屈とした雨が長く続いている。空は雲で覆われていて暗いのではっきりしないが、今はもうお昼頃だろうか。

連日の巡回はかなりの重労働で、僕もトルも疲れからか起床時間が遅くなっていた。

「夕方から街をぐるっと三、四周するだけなのに。ニノ君、体力ないよ？　もっと鍛えないと！」

「いやいやフィリスがおかしいだけだよ！　ただ移動するだけじゃなくて辺りを警戒しながら、長い時は夜通しだよ？　疲れない訳ないじゃないか」

「そうかなぁ？　いい運動になると思うんだけどなぁ」

部屋の隅で呑気に柔軟体操をしている幼馴染は、疲れを知らないのだろうか。

「トルも疲れてておお昼なのにまだ下りてこないし、事件が解決するまで、これが毎日続くのかと思うと気が滅入るよ。僕もそのうちお日様みたく雲隠れしそう」

僕は呆れながら、手に持った農具に力を送り込んでいく。土属性の魔力を宿されて鍬《くわ》が輝いて見えた。

「ところで、例の少女を発見したら私たちも戦うことになるのかな？　上級の人も殺されちゃったんだよね……ニノ君は、勝てる見込みはあると思う？」

「一応カーレンさんには、戦いになったら見ているだけでいいと言われてるけどね。ギルド本部に超級を派遣しないと太刀打ちできない、って判断させたほどの相手だし、僕たちも相応の覚悟はしておいた方がいいかもしれない。いざとなったら……頑張って逃げよう」

「あらら、ニノ君にしては珍しく後ろ向き。先輩の前で手柄を立てる絶好の機会だと思うけど」

「無茶をして迷惑をかけたら元も子もないからね。そういうのは僕の柄《がら》じゃないし」

最強の《八剣神》がいるんだから、格下の僕たちが前に出ても邪魔になるだけだろう。

あくまで僕らは、捜索のための数合わせといったところじゃないだろうか。裏で動いている人も他にたくさんいるらしいし。

ただ、直接指名を受けたことに関しては疑問が残っていた。しかもギルド本部からの指示で、だ。

その理由が一体何なのかは聞かされていないけど、どうにも嫌な予感がする。

「もしもの時は私も出るわよ？　その超級とやらに、ニノを守れる保証はないもの」

机に突っ伏したまま顔だけこちらに向けて、フィアーは言った。

「うーん。フィアーがいてくれれば百人力だし安心できるけど。難しい気がするなぁ……」

確かに彼女なら誰が相手でも負ける気はしないけど、闇精霊であるが故のリスクが大き過ぎる。

「フィアーちゃん、外は危ないよ？　怖い女の子に食べられちゃうよ？　がおおおおお！」

「……つまらない。出直してきなさい」

「はわぁ、強がっちゃって可愛い、思わず抱きしめちゃう！」

「ひぁっ!? や、やめなさい!! 人族風情が私に触れるな!!」

「本当は怖くて怖くて、仕方がないんだよね？ お姉ちゃんが絶対に守ってあげるからね？」

フィリスはフィアーを後ろから抱きしめ、頬擦りまでし始めた。

「違うわよ!? ただ暇過ぎて死にそうなだけで……ちょ、やめなさいって!! というか私はお前よりも数百倍強い……ひゃあああああ!? こ、拘束が解けない、どんな馬鹿力してるのよお前は!!」

油断していたのか、小さな悲鳴を上げてフィアーが暴れだす。でも、勝敗は完全に決まっていた。

……相変わらずズレている幼馴染は置いておくとして、フィアーの疑いが晴れていない今の状況で、カーレンさんたちに会わせるのはまず避けたい。

ギルドの威信を懸《か》けて犯人捜しをしているところに、そっくりさんを連れていくのはどう考えても問題がある。

トルの正体に気付けた彼らには、一瞬で闇精霊だということもバレるだろうし。これまでの彼女の経歴からして、説得も難しそうだ。

「あーもう、めんどくさいわね。なんならその邪魔な二人も一緒に消してしまいましょう。事故よ事故。私の偽物と刺し違えたってことにすれば万事解決ね」

「そんなことをしたら殺人犯が二人に増えるだけだよ！　あくまで穏便にいこうね？　ね？」

フィリスの愛の抱擁から脱出したフィアーが、汗を拭きながらとんでもない提案をしてくる。

たまに忘れそうになるけど、フィアーはかつて魔王と組んで人族を滅ぼそうとした精霊様なのだ。

当時のことは頑なに話そうとしないけど、本気を出せば《八剣神》全員とだって殺《や》り合える実力はあると思う。

戦争が絶えなかった昔と違って、現代は全体的に兵士や冒険者の実力が下がっていると聞くし、一人で八人を相手に余裕で戦えそうなのが怖い。

「はぁ、私が外に出られないのであれば、あとはノートに頼るしかないわね。どこに隠れているのか知らないけど、いい加減素直になって出てきたらいいのに……あのヘタレ」

フィアーがノート様への愚痴を零していた。

よくわからないけど、機嫌が悪いようだし触れない方がよさそうだ。別の話題を振って誤魔化そう。

「……そういえば、フィリスは最近一人でも頑張っているから、ギルドで評判になってたよ。命知らずで馬鹿みたいに強い新人がいるって。そろそろ中級試験も受けられるんじゃないかな？」

裏で地味に評価されていた僕と違い、フィリスは表立って色々な依頼をこなしていたおかげで、街でも有名な冒険者になっていた。

噂では上級冒険者の戦士から弟子にスカウトされたり、巨体のオーガを素手で倒したり、単身で盗賊団を壊滅させたりしたとか。

おおよそ精霊術師とは乖離《かいり》した内容だったけど、彼女らしいと言えばらしいなと思う。

余りある身体能力と天性の勘を頼りに、戦場で立ち回る姿は天才のそれだろう。

そんな彼女に合わせることができるウィズリィ様もある意味凄い。二人とも化け物じみている。

「最近、雨が多いからかな？　いつにも増してウィズリィ様が元気な感じがするの。絶好調だよ！」

「そうだね、フィリスと違って水属性は繊細《せんさい》だからね」

「酷いっ！」

地上ならどこでも扱える土属性と違い、水属性は周囲の環境に大きく影響を受ける。

水を得られない乾いた土地では極端に弱体化するし、逆に水辺では闇属性と遜色《そんしょく》ない破壊力を得られる。

ポートセルトは海に面した港街だから、そこに雨も加われば水属性の独擅場《どくせんじょう》だ。

条件さえ満たせば攻守に優れた属性であり、その万能性から、魔法使いにも非常に人気が高い。

堅実で派手さのない土属性使いとしては、ちょっと羨ましく感じる時もある。

――さてと、そうこうしている間に最後の一本になった。今度は汚れた農具ではなく、真新しい鎌に土属性の魔力を加える。

「ところでニノ君。さっきから農具なんか弄《いじ》って何をやってるの？　もしかして農家に転身？」

「違うよ!?　ノート様の力で大地の祝福をしているんだよ。祝福された道具を使うと土が元気になるって、みんなから感謝されるんだ」

「へー知らなかった。手慣れているみたいだけど、もしかして今日が初めてじゃない感じ？」

「うん、村を出てから定期的にやってるよ。最近は忙しくてあまりできていなかったけど」

駆け出しの頃から続けている趣味みたいなものだ。

村に立ち寄っては、整備のついでに祝福を施《ほどこ》す。僕の家は農家だったから道具の知識もあったし、時々お駄賃を貰えたりして、冒険者になる前はそれで食い繋いでいた。

冒険者として稼げるようになった今では、もうその必要はない。でもどうやら評判が良かったらしく、近隣の村の人がわざわざ頼みに来てくれたのだった。

何だか懐かしい気分になる。整備する合間に、修業したりもしていたんだよなぁ。

当時は本当にがむしゃらで、色んな人たちに支えられていた。

もちろん、今に至るまでその中核になっているのはノート様で……。

「どうもこのところ、ノート様の調子が悪そうだからね。少しでもお役に立ちたいんだ」

精霊様の力は民衆の信仰力に左右されるので、より多くの人に存在を認知してもらうだけでも薬になる。

ここ最近はあのグランゴーレムの影響からか、土属性に目覚める人も増えてきたらしい。まぁそれ以上に水属性が人気なので、霞《かす》んでしまってはいるんだけど。

それでも信仰が足りないのであれば、こうして地道に数を稼ぐしかない。

——よし、頼まれていた分は終わった。まとめて邪魔にならない場所に片付けておく。

「ニノ君は本当に健気だね。……そういえば昔、ノート様に命を救われたんだよね？」

「うん、今日みたいな雨の日にね。僕の命の恩人だよ」

もうあれから五年以上の月日が経っているけど、今でも鮮明に思い出せる。

雨で増水した川——そこに呑み込まれた僕を助けてくれた、あの少女の姿を。

『無事でよかった』と涙ながらに抱き締めてくれたあの温もりを。

僕の命はあの日から、ノート様のためにあると言ってもいい。助け出された時、彼女と〝同調〟できたことにも、運命を感じた。

同調をきっかけに僕は精霊術師となり、立派になって恩返しすることをひたすら目標にして、今日まで走ってきた。

「いい話だけど、ノートはあれで臆病者だから、案外迷惑に思ってるかもね。ニノの愛は少し重過ぎるわ——私だったら平気だけど？」

「……ん、嫉妬？　これってもしかして嫉妬じゃない？　フィアーちゃん可愛い！」

「うるさい！　お前は本当にうるさい人族ね!!　いつかその口を縫い合わせてやろうかしら!?」

「迷惑……か」

実は、あの時に一度助けてもらっただけで、彼女とそれ以上の〝直接的〟な接点はなかった。

僕が勝手に慕っているだけだ。フィアーの言う通り、この想いは重過ぎるのかもしれない。

……だから最近も、あまり力を貸してくれなくなったんだろうか。いや、駄目だ。弱気になってどうする。

嫌われていようと関係ない。僕は最期までこの想いを貫き通して地道に応援すると決めているんだ。

「はぁ……安心しなさい。ノートもニノのことを大切に想っているわよ。本当、鬱陶しいくらいに」

僕が本気で落ち込んだとわかったのか、フィアーが優しい言葉をかけてくれる。彼女らしく小言を添えて。

「ありがとう。そう言ってもらえるだけで救われるよ」

「もう、何が悲しくて私がアイツの肩を持たないといけないのよ……！」

「フィアーちゃん。やっぱりさっきのは嫉妬だったんだぁ……そうかそうか、可愛いなぁ」

「くぅぅぅ……！　悔しいぃぃぃ……！　可愛い言うなぁ……！　ニノの馬鹿ぁ!!」

「えぇ？　こっちにくる!?」

幾重にもわたるじゃれ合いの末、フィリス相手に腕力では敵わないと悟ったのか、フィアーは代わりに僕の背中をポコポコ叩いてくる。その表情は若干、涙目だった。

「フィリス、あんまり弄り過ぎるのもよくないよ？　……確かに可愛いけどさ」

「ごめんね。お姉ちゃんが意地悪し過ぎちゃったね？　よしよし。ニノ君もお姉ちゃんもフィアーちゃんが大好きだからね？」

「うるさい、うるさい！　子供扱いするなっ‼　もう嫌ぁ、これも全てノートのせいよ……！」

最後には僕の隣で小さく丸くなりいじけてしまった。

「にの、おは……よ……」

そこへ、階段の上から舌足らずな声が発せられる。

フィアーの大きな声が寝室にまで届いていたのか、お寝坊さんが目を覚ましたみたいだ。

「うん、おはよう。まだ眠そうだけど、一人で階段下りられる？」

「……だいじょぶ」

「あー、危なっかしいなぁ！」

「……だっこ」

今にも階段を踏み外しそうになっていたので、慌ててトルを抱きかかえる。

床に下ろしてあげたものの、トルは椅子に座って半目のままぼんやりとしていた。

僕が贈った帽子をずっと胸に抱きしめている。もしかして、寝ている間も握っていたんだろうか。

「フィア……うるさかった」

「私は悪くないわ。トル、全てはこの人族が原因よ！　気をつけなさい、貴方も虐《いじ》められるわよ？」

「いくら私でも〝精霊様〟にそんな粗相《そそう》はしないよ？　トルちゃんは雷の精霊様だからね！」

「わ、私だってその精――くぅぅぅ！」

「トルちゃん、あとでお着替えもしようね？　お姉ちゃんが選んであげるから」

「うん」

フィアーを精霊様だと認知していないフィリスは、トルのボサボサ髪を櫛《くし》で梳かしていく。

精霊様をお世話するのが楽しくて仕方がないのか、料理以外でなら、こうして頼りになるのが彼女だった。

「……おなかすいた」

僕以外みんな女の子だし、男だとどうしても手伝えないことも多いから助かっている。

トルがぎゅるるると、可愛いらしい音を鳴らすと、連鎖して僕たちのお腹も鳴った。

話に夢中で、そういえば朝から何も食べていなかったことに気が付いた。

「いやーいい音も聞けたし、お姉ちゃん満足。さて、お昼ご飯はどうする？」

「この雨だし閉まっている店も多いかもね。一応、材料はあるけど誰か作れ——ないか」

「「「…………」」」

返事はなく、雨音だけが屋敷内に響いていた。

全員が図ったように口を閉じ、お互いを見合っている。

「くっ、こんな時にノートがいれば……アイツ料理は得意だったのよね……！」

フィアーは悔しそうに拳を握り締めた。

僕たちの食事事情はかなり侘《わび》しく、食べ物を売っている店が閉まるとたちまち窮地《きゅうち》に陥る。

別に保存食がない訳じゃないけど、全員揃って干し肉を噛むのも寂しい。

「フィアーちゃんは自分で作れるようになる気はないんだ……」

「フィリス、それ自分に返ってきてるよ？」

「え、別に私が作ってもいいけど。死人が出ても知らないよ？」

「ごめん、今のは聞かなかったことにして」

「トルが……作る？」

悲しいことに、この中では最年少のトルの料理が一番マシなレベルだった。

でも幼い彼女に刃物を持たせるのは怖いので、キッチンに一人では立たせられない。

よって僕が作る料理と大差ないのだ。ちなみにその僕も、簡単な物しか作れない。

「こうなったら、ザイルさんを招いて作ってもらう？　一人暮らしの男の料理、案外期待できるかも！」

フィリスは声を弾ませている。

「えぇ……ザイルさん今はまだ仕事中だと思うけど」

でも男の料理ってそんな大層な物じゃない。

切って、焼いて、載せる。とりあえず焼けば何でも食えるだろう感がある。絶対に後悔する。

「いやー、案外暇なんじゃないかな？　事件のせいで活動を自粛《じしゅく》している冒険者が多いんだし。そういえばザイルさん、精霊様の話が聞きたいって言ってたみたいじゃない！　ちょうどいいよね！」

トルが雷の精霊様だと知って、ザイルさんが興奮していたのは確かだ。

長年ギルドに勤めていて精霊様と出会うのも初めてらしいし、頼めば本当に来てくれるかもしれない。客人に料理を作らせるっていうのはちょっと変だけど。

「あの暑苦しい人族でしょ？　話しかけてきたら地獄に落とすわよ」

「……嫌」

精霊様二人の反応はとっても冷たかった。

トルが強く拒否するのも驚いたけど、フィアーに至っては殺意がこもっている。自分の屋敷内で殺人事件なんて冗談じゃない。

まあ慣れていないと、あの暑苦しさは女の子にはつらいだろう。

「じゃあ、ザイルさんの身が危ないからやめておこう。よし、探せば多分どこかに開いている店があるよ。僕が今から適当に買ってくるから待ってて！」

「トルも……行く！」

「いってらっしゃ～い。私は食べられたら何でもいいよ～」

「私も――私も手を繋いで行きたいのに……！　憎い、冒険者殺しの犯人が憎い……！」

フィアーの恨み言を背に、僕はトルと並んで買い出しに出かけた。

◇

「……ニノ、ごめんなさい」

「気にしないでいいよ？　どうせ貰い物なんだし」

僕の身体にくっつきながらトルは何度も謝ってくれる。

彼女の手には、その役割をまっとうできず、無残にも壊れた傘の持ち手があった。

濡れないように、僕の傘に入れてゆっくりと歩幅を合わせながら、空いている手で頭を撫でてあげる。

ポートセルトの北部には工房が集まる工業区があって、土妖精《ドワーフ》たちが日夜、様々な道具を作り出していた。

その多くが冒険者向けの商品であり、ギルドには試作品が配られていたりもする。

僕たちが手にしている傘もその一つだった。

所有者の魔力を微量使うことで、雨を弾く不可視の障壁が張られている。

ちょうど僕とフィリスの二人分貰っていたので、買い出しに行くに当たってトルにも持たせてあげたんだけど……。

道中で彼女が水溜まりを踏んでしまい、跳ねた泥水が持ち手の動力部にかかって壊れてしまったのだ。

雨の日に使うのに、水に弱いのはまずいんじゃないかと思う。試作品だし、これから改良を加えるのだろうけど。

「あとで要望欄に書いておかないとだね。動力部に防水加工してくださいって」

「……うん」

すっかり落ち込んでしまったトルは、どんな話題を振っても小さく頷くだけだった。

雨は徐々に弱まってきているのに、このままじゃ彼女の心はいつまでも曇ったままだ。

市場まであと少しの所で、ふと目の前に大きな水溜まりを見つける。

「あ、しまった！」

〝うっかり〟水溜まりを踏み抜いてしまった僕は、靴を水浸しにして、傘も壊してしまった。

「……二人してずぶ濡れになっちゃったね。あとで一緒にフィリスに怒られよう」

「…………！」

きっと僕の下手くそな演技は通用しなかったと思う。

だけど、優しい彼女は僕の意図を汲み取ってくれて、お腹に飛び込んできた。

何度も頭を擦り付けて、親愛の気持ちを全身で伝えてくれる。冷たい雨に負けないくらい温かい。

僕はまだまだ子供だけど、トルのことは何だか実の娘のように思えてしまう。

「ニノ、お日様みたい」

「僕が？」

「うん……だって、温かい」

「トルだって温かいよ」

屋根を見つけて、そこで身を寄せ合って雨宿りをする。

しばらくすると雲が晴れ、本物のお日様が顔を覗かせた。

市場に人が戻り、少しずつ活気が満ちていった。僕たちも陽の当たる道を歩いていく。

「よっ、二人とも。こんなところで奇遇だね。市場に買い出しかい？」

背中に声をかけられて振り返ると、カーレンさんとアーシェさんが手を振って向かってくるところだった。

近寄ってくると、アーシェさんがすぐ慌てた表情になる。

「ニノ君も精霊ちゃんもずぶ濡れじゃない。風邪を引いたらどうするの？　今夜も巡回があるんだから、体調管理はしっかりしないと！」

そう言いながら、僕とトルの身体を高そうな布で拭いてくれた。

「すみません」

「あり……がとう」

「なんだったら俺の着替えを貸そうか？　そんな布じゃ拭き切れないだろ？」

「ニノ君に貴方のボロい服を着せるつもり？　そもそも大きさが合わないでしょうに」

「おいおい、提案しただけなのに酷い言い草だな」

「なら普段から身嗜《みだしな》みには気を遣いなさいよ。いつもいつもみすぼらしい格好で、恥ずかしいんだから」

アーシェさんはすぐさま近場の服屋に直行すると、着替えを見繕《みつくろ》ってくれた。

そのまま、有無を言わさず押し付けられる。こちらが代金を支払おうとすると――

「私が勝手にしたことだから」

と言って止められてしまった。

ありがたく受け取ることにして、新しい服に着替え、濡れた服を鞄に詰め込んだ。

妙に着心地がいいのは、上質な素材が使われているからだろうか。

「何から何までありがとうございます。助かりました」

「まっ、先輩って奴は見栄っ張りな生き物だからな。これも後輩の仕事だと思って、甘んじて受け取ってくれ」

「どうしてカーレンが偉そうにしているのよ!?」

相変わらず二人は仲が良さそうだった。

聞けば、つい先程まで街を巡回していたとか。

僕たちもお手伝いはしているけど、担当は夕方から。そこでもカーレンさんたちが同行してくれる。

冷静に考えてみれば、僕たちがこうしてまったりしている間も、誰かが街の治安を守っている訳で。

しかも、超級のカーレンさんや、その補佐であるアーシェさんは率先して動かないといけない立場だ。

一体彼らはいつ寝ているんだろうか。泥と汗で汚れた服が、顔が、とても眩しく見えてしまう。

「俺たちも今しがた休憩をもらったところなんだ、せっかくだしこれから付き合ってくれないか？いい店を知っているんだ。もちろん俺たちの奢りだからな」

「そうね、ニノ君たちにはいつも仕事を手伝ってもらってるし。たまには先輩らしいところを見せないと。何か相談事とかあればお姉さんが聞いてあげるわよ？」

そうした苦労を一片たりとも表に出そうとはせず、二人は後輩の僕を気にかけてくれる。

とてもじゃないけど敵わない。冒険者としてだけでなく人生の先輩として尊敬する思いだった。

「僕もお二人の冒険譚《ぼうけんたん》を聞いてみたいです！　是非、ご相伴《しょうばん》に与《あずか》りたいです！」

「よしきた。素直な後輩は先輩に好かれるからな、正しい選択だ！」

「カーレン、偉そうに講釈を垂れるのもいいけど、やり過ぎて愛想を尽かされないようにしてね」

「大丈夫です！　僕はお二人を心から尊敬していますから！」

「……何なの、このいい子！　お世話し甲斐があるわね……！」

「むぅ……ニノを盗らないで！」

その後、カーレンさんが案内してくれたのは街一番の高級料理店だった。

僕とトルは、生まれて初めて食べる数々の絶品料理に舌つづみを打ち、至福のひと時を過ごした。

そして満足して屋敷に戻ったところで、お腹を空かせて待っていたフィアーとフィリスにこっぴどく怒られたのだった。

第九話　光輝《こうき》を放つ翼

「何故俺が恥をかかねばならないんだ、クソッ!!」

冒険者ギルドから飛び出す、男の姿があった。

腹いせに蹴りつけた木箱が粉々に砕ける。近くにいた下級冒険者たちが、青ざめた顔をして散っていく。

男はその背に唾を吐きかけて、「軟弱者」と叫んだ。酔い潰れている訳ではない、ただ無性に腹が立っているだけだった。

「何がチームワークだ馬鹿らしい!!　馴れ合いに来ている訳じゃないんだぞ!?　結果が出ている。それで十分だろうが！　忌々しい……あの精霊術師も、のこのこと戻って告げ口しやがって!!」

アーダン・プロミネンスは今しがた、ギルドから呼び出され、改めて厳しい忠告を受けたばかりだった。

仲間のニノを置いてきただけでなく、救援も呼ばず死亡扱いにしたことを責められたのだ。

このままでは、中級昇格は難しいと。

下級冒険者が昇格するためには、ギルドから直々に推薦をもらう必要がある。どれだけ腕に自信があろうと、不適格と見なされればいつまで経っても下級のままだ。

それにもう一つ、彼にとって許せない出来事があった。

話の流れで聞かされたことだが、推薦候補者の中に精霊術師の少女の名前があったのだ。

ギルドでは誰も彼もが精霊術師の話題ばかり。何故自分の実力を認めてくれる者がいないのか。

精霊の力を借りなければ戦えない無力な連中が、どうして評価されるのか。

アーダンは苛立っていた。ここまで荒れたのは、実家を飛び出して以来だろうか。

ポートセルトから船で海を渡った先にある大陸——勇者誕生の地として名高い、火の国アダルバン。

その国で貧乏貴族の五男坊として彼は生を受け、厳しい訓練に耐え抜いてきた。

お前はいつか勇者と同じ頂《いただき》に立つのだと、父に命じられるがままに。

だが無情にも、他の兄妹《きょうだい》に全てが劣っていたアーダンは二年前、勘当されることになる。

いや、実際はされる前に逃げ出したのだ。期待に応えられない自分に嫌気が差して。

「チッ、この大陸は冒険者もギルドもレベルが低過ぎる!! 甘ったればかりだ!!」

ポートセルトで冒険者となってから、アーダンの活躍は破竹の勢いだった。

故郷での地獄のような修練は無駄ではなかったのだと思い知った。

周りの同期たちはうぬぼれた雑魚ばかりで、アーダンの実力を知ると媚びる者さえ現れた。

だがそれも一時《いっとき》だけだ。気が付くとその連中に置いて行かれている。

周囲からは中級以上の実力の持ち主だと謳われているにもかかわらず、未だに底辺を彷徨《さまよ》い続けているのだ。

収まらぬ怒りを吐き散らしているうちに、アーダンは大小の船が停泊している港湾区に辿り着いた。

冷たい潮風が、短く切られた彼の赤髪を揺らす。海面には大きな満月が映し出されている。

「あれは……何だ？」

月の光に照らされた桟橋の上、夜分にもかかわらず出歩く少女の姿が見えた。

行く当てがないのか、同じ場所を行ったり来たりを繰り返している。

近付くにつれアーダンは、街で噂になっている冒険者殺しの存在を思い出す。

腕利きの冒険者ばかりが狙われ、つい最近では上級も二人が殺されている。自分の視界に映っているのは、その容疑者だという少女に違いなかった。

「ついに俺にも運が向いてきたということか!!」

アーダンの内から湧き上がったのは、恐怖ではなく高揚感だった。

大剣の柄を握り締め、音を立てずに近付いていく。確実に抹殺するために。

不意打ちであろうと、奴の首をギルドに突き出せば昇格はまず間違いない。

「アハッ、嬉しい、私と遊んでくれるの？」

「なっ⁉」

しかし距離にして約二十メートルの地点で少女は反応し、そしてその場から消失した。

次の瞬間には全く別の場所に、踊りながら現れる。またすぐに消える。

「……空間転移⁉　上級魔族が扱うというやつか……‼」

初めて見る魔法であったが、アーダンは臆することなく目で追い続ける。転移はしていても、本体は大した速度ではない。

間合いに入った瞬間、真っ二つにする。そのつもりで大剣を振り上げて、そして目の前に影が現れ――気が付けば後ろを取られていた。

「ば、馬鹿な……⁉」

「もう終わり……？　つまらない……」

◆

「ニノ、月が……きれい……」

「そうだね。あれから雨が止んだままで助かったよ」

トルを背中に乗せて雷の翼《サンダーバード》を羽ばたかせる。

仄かに輝く夜の街を背景に、僕たちは巡回を続けていた。

トルはフィアーと毎日魔力の制御訓練をしているらしく、少しずつ安定して高度を上げられるようになっていた。

全身に涼しい夜風を浴びながら、屋根を飛び交う二つの影を空から見下ろす。

「フィリスちゃんは本当に精霊術師なのかい？　まさか俺の速度についてこられる新人がいるとは、恐れ入ったよ」

「本気を出してない先輩にお世辞を言われても嬉しくないですよ〜！　よっと！」

四本腕を器用に動かし縦横無尽に駆け回るカーレンさん。その後ろを、ピッタリとフィリスが追い続けていた。

その下では、舗装されたレンガ道をアーシェさんが走っている。耳飾り型の魔力通信機を使って、定期的に他の人員と連絡を取り合っているようだった。

「屋根伝いに移動するって凄いよね、僕には真似できそうにないよ。しかも日に日に何でもありのルールで本気で争うようになってきてるし……一応遊びじゃないんだけどなぁ」

「ニノ、もっと……飛ぶ？」

「大丈夫、そろそろ休憩だと思うから」

カーレンさんとフィリスは一足先に中継地点に差し掛かっていた。

ポートセルトの南西側。港も近く、大きな倉庫が建ち並んでいる地区だ。夜間は人通りも少ない。

広場に設置してある椅子を借りて、五分間の休息と情報整理が行われることになっていた。

「さてと、遅れているアーシェが来るまで柔軟でもするか！」

「いい汗かきましたね～。次こそは本気を出させてみせます！」

「ははは、それは怖いな。まったく、フィリスちゃんは職業も生まれてくる性別も間違ってないかい？」

ついには最強の《八剣神》にまで、そんなことを言われてしまっている。

フィリスは笑いながらカーレンさんの動きを真似ていた。この機会に技術を盗むつもりなんだろう。

僕には理解できない達人の世界だった。地上に降りて合流する。

「速度を落としているとはいえ、空を飛んでいる僕より速いって、カーレンさんはともかくフィリスはちょっとおかしいよ」

「足と体力だけは自信があるからね！」

そんな次元の話ではない気がする……。

それにフィリスは身体能力だけじゃなく、水属性も上手く活用していた。

高密度の泡を踏み台にして疑似的に空を跳び、更には前方を走るカーレンさんへの妨害までしてみせた。

先輩相手に勝負にこだわる姿勢も凄いけど、それを難なく躱し、物ともしないカーレンさんもおかしい。

「……ふぅ。二人とももう少し真面目に取り組んでもらえると助かるのだけど？　私とニノ君ばかりに負担が掛かっているじゃない！」

「悪いね、勝負事になるとつい熱くなっちまうんだよな」

「そうでしたそうでした。反省反省！」

「もう、本当に理解しているのかしら？」

数分遅れでアーシェさんも、息を切らしながら到着した。

常識的な人がいてくれて助かる。トルも疲れたのか僕の膝の上に座って、胸に寄りかかっていた。

「今日も何事もなく終わりそうですね。……本当に件の少女はこの街に潜んでいるんですかね？」

依頼を受けてから今日で十日目。さすがにここまで成果なしだとそろそろ不安になってくる。

犠牲者もこの十日間は出ていないのでその点は幸いだけど、少女が既に街を去っている可能性もある。

「犯行は無差別で時間もバラバラ。こればかりは長期的に見ていく必要があるから、不安になるのも仕方がないわね。でも上級冒険者の扱う依頼では長期任務は珍しくないのよ？　いい勉強になったわね」

「ただ移動しているだけでお給金を貰えるのは嬉しい反面、何だかなぁって感じです」

ギルド本部からの直々の依頼であるために、拘束されている間は全面的に支援を受けていた。

結果は芳《かんば》しくないのに貰う物だけ貰っているのは、何だか悪いことをしている気分になる。

「はぁ……。うちの相方もニノ君みたいに真面目でいてくれると助かるのだけどね……」

「僕も同感です……。フィリスはもう少しアーシェさんを見習って落ち着いてくれたら……」

お互い苦労が多いみたいだ。

そうこうしている間に休憩時間も終わり、二人がまた立ち上がって走り出す準備をしている。

僕もトルを起こし、もう一度雷の翼《サンダーバード》を発動しようとして——肩を掴まれた。

真剣な表情をしたアーシェさんが通信機に手を当て、ギルドから通達を受け取っている。

「みんな、すぐ傍の港で目撃情報。冒険者の一人が少女と交戦中、急がないと死者が出るわよ!!」

「行くぞ!!」

「はい！」

アーシェさんが報告を言い終えるよりも早く、二人の姿は消えていた。

既に現場へ向かっているらしい。残された僕たちも慌てて移動を開始した。

◇

「ば、化け物め……離しやがれ……!! ガアッ、グアァァァァ」

「つまらない、つまらない。もっと動いて？」

目の前で、装備を身に纏った男の——アーダンの身体が、いとも簡単に浮き上がっていた。

少女は片手で糸くずを払うように、何度も壁に叩きつける。そのたびに壁が赤く彩《いろど》られていく。

容貌はフィアーと瓜二つで、髪型や服装までもそっくりだった。

だけど、細かい所作や表情には強烈な違和感がある。まるで別の誰かが過去の人物を演じているような。

僕もフィアーとの付き合いが長くなっているからわかる。彼女はまったくの別物だ。

「そこまでだ‼　これ以上、好き勝手させるものか！」

「……？」

カーレンさんが放った二本の短剣が、少女の腕を貫いた。

突然の乱入者に呆然とした少女は、アーダンを捕らえたまま突っ立っている。

数秒遅れて鮮血が噴き出すと、楽しそうに笑い出した。

「アハッ、痛い。イタイイタイイタイ……痛くない？」

少女の腕に刺さった短剣は砂のように崩れ、風に飛ばされていく。少女自身も魔法の発動を意識していないのか、驚いていた。

「チッ、腕の傷が再生している……予想通り、人ではなかった訳か。見たところ魔族でもないようだが……どうやら当たりを引いたか。アーシェ、今までで一番の強敵だ。気を抜くなよ」

「できれば外れて欲しかったのだけど、そう上手くいかないものね……！」

先輩の二人は落ち着いていた。敵の正体を初めからある程度予測していたらしい。

僕も覚悟はしていたけど、実際に目の当たりにすると動揺が隠せなかった。

「相手は精霊様だったのか……。だから僕たちを呼んだんですね……？」

「フィア……？　違う……こ、怖い……！」

フィアーに似ていると知ってから、彼女と同じく精霊であることは想像できていたはずだった。

だけど信じたくなかったんだ。闇精霊のフィアーですらあんなに良い子なのに。

僕はこれまで人族に味方してくれる精霊様にしか出会っていなかったから。

「黙っていて悪かったわね、取り越し苦労になる可能性もあったから。……貴重な精霊術師の意見が欲しかったの。さすがの私たちも精霊とやり合うのは初めてだから」

「多分、そんな人物はもうこの世にいないですよ……過去に勇者たちが闇精霊と戦ったくらいです」

「つまり俺たちも伝説の一部になるって訳か……あまり嬉しくないかな」

慎重に会話を挟みつつ、少しずつ冷静さを取り戻していく。

ここまで来たら相手が誰であろうと関係ない。油断すれば一瞬で殺されてしまう。

「楽しい、楽しいね？　赤いの見たい。遊ぶ。みんなと、遊ぶの!!　アハハハハハハ」

同じ言葉を繰り返し少女は狂ったように笑う。

相対《あいたい》しているだけで、怒り、苦しみ、悲しみといった負の感情が押し寄せてくる。頭がおかしくなりそうだった。

フィリスも同じ感覚なのか、額を押さえて吐き気を堪《こら》えている。

「……二人とも悪いけど、ある程度は自衛してもらうわよ？」

アーシェさんが気遣うような声で言う。

「だ、大丈夫です。自分の身は……自分で守りますよ。フィリスはいけそう？」

「へ、平気。少し驚いただけだから……！」

大好きなフィアーに似ていたから戸惑ったんだろうけど、フィリスも彼女は関係ないのだと理解して、少しだけ元の調子に戻っていた。

「ふーん、そこのお前、強そう。どれだけ持つ？　十秒？　もしかして二十秒？　楽しみね、楽しみ」

「ぐぁ……く……そぉ……！」

完全に興味の対象を移したのか、少女はアーダンを投げ捨てた。

アーダンの怪我は酷いものの、まだ息はあるらしく、地を這いながら自分の愛剣を拾おうともがいている。

「楽しみましょう？　この宴《うたげ》を」

少女は僕たちを見渡してから、スカートの裾をつまんでお辞儀をした。

その瞬間、小さな背中から一対の翼が出現する。世界が一瞬だけ光に染まる。

白銀の如く光り輝く両翼が、白い羽根を一面に撒き散らした。

周囲に漂うこぶし大の粒子と共に、月の光を反射して幻想的な空間を生み出す。

それぞれが膨大な魔力を内包し、その余波で視界が蜃気楼《しんきろう》のように揺れている。

「に、ニノ君……わ、私の目が狂ってるのかな……ねぇ、いつもみたいにおかしいって言って‼」

フィリスが錯乱したかのように僕の身体を揺らす。

勇気付ける言葉ならいくらでも思い浮かぶけど、ここで現実から目を背けても意味がない。

「……残念だけど僕たちは正常だよ。フィリス、覚悟を決めて……戦うよ」

かつて世界の危機に立ち向かった、勇者と呼ばれる人が存在した。

その人物に手を差し伸べて、祝福を与えたとされる一人の少女。

――光の精霊。

遥か昔、人のために力を貸してくれた少女が今、僕たちの前に立ち塞がっていた。

◇

「アハッ、みんなで、いきましょう？　私にも、残してね？」

光の精霊が歩き出した。

一歩、二歩、三歩、それと同期して無数の白い羽根が先行する。

一見するとただ風に揺れているだけの残滓——だけど本能的に、それをこちらに近付けるのは危険だと理解できた。

「アレに触れちゃ駄目だ!!　何でもいい、ありったけの壁を!!」

「わ、わかった!!　水よ、私たちを守って!!」

僕は土壁《アースウォール》を八重に展開する。

隣のフィリスも続けて水壁《アクアウォール》を生み出していく。

防壁に次ぐ防壁。二十を超える多重防壁は、光の精霊の姿をも覆い隠す。

それでも足りない。この程度じゃきっと防ぎ切れない。

「アーシェ!!　君はニノ君たちの傍で支援に回れ!　俺は隙を見て奴に斬り込む!!」

「わかったわ!　とにかく壁を増やせばいいのね?」

更に追加される火と風の属性魔法によって、四属性防壁《エレメンタルウォール》が完成する。

国の王城を守る城壁にも負けない規模の、魔法要塞だ。

「アハッ、一つ——三つ」

「なっ!?　う、嘘でしょ!?　この守りを貫くの!?」

漂う羽根が接触するや否や、弾け飛んだ。その瞬間に壁が粒子となって崩れ去る。

一つが崩れ出すと、連鎖的に周囲の壁も崩壊していく。

「四つ——九つ」

「早い⁉　フィリス、もっとだ‼　このままじゃ喰われる‼」

「や、やってるよ‼　まるで追い付かないんだよ‼」

僕たちは後退しながら防壁を追加していく。

「十四、十五、十六、アハッ、二十！　二十五――三十‼」

崩壊がみるみる加速していく。少女は楽しんでいた。

負けじと増やすがそれ以上のスピードで追い込まれていく。

「な、何なのアレは⁉　最新の攻城兵器ですら、ここまでの威力はないわよ⁉」

「に、ニノ……！」

「くっ、もっとだ、もっと早く‼　羽根の数は増えていない、きっと有限なんだ。ここを耐え切れば勝機は訪れる……！」

徐々に薄くなる守り。

僅かな隙間から、カーレンさんが羽根を叩き落としている姿が見えた。

無数に散らばる光の機雷を避けながら、剣に宿した魔力を解放していく。

「チッ、少しでも触れたら使い物にならなくなるか。……厄介だな」

素早く武器を入れ替え、剣先から生み出す一閃で斬り裂いていく。

衝撃に弱いのか、羽根は触れただけで簡単に破裂して消滅する。ただし、どうやら武器へのダメージも大きいらしい。

「強い人族、みつけた」

「……！　今よ、全員散開、その後に全力攻撃!!」

光の精霊の視線がカーレンさんを捉え、動きが止まった。

その隙を逃さず、僕たちは要塞から抜け出し三方向に分かれる。

前方には大量の白い機雷に守られた少女。それでも攻撃さえ当てれば羽根は消せる。

一気に手持ちの最大級の魔法を放ち、羽根を全滅させるしかない。

「前にいるカーレンは気にせず撃ちなさい!!」

「え、いいんですか!?　……よ、避《よ》けてねー！」

「トル、力を借りるよ！」

「うん……！」

炎が空間を呑み込むアーシェさんの爆発《エクスプロージョン》、続けざまにフィリスの濁流《スプラッシュ》が襲い、最後に僕の電撃《ライトニング》が走った。

遠慮なしの三属性攻撃、静寂な街に幾重にも炸裂音が響く。

「……お前ら……俺を殺す気か……！」

煙が晴れると、そこには咳き込むカーレンさんの姿が。

衣服は焼け焦げているけど、さすがは人類最強の一角、無傷のままだ。

「ご、ごめんなさい！」

「凄い！　全然効いてないよ。どうやって躱したんだろうね？」

「信頼してあげているんだから感謝しなさいよ。これで戦いやすくなったでしょ？」

「アーシェはともかく、躊躇なくぶち込んでくる辺り、末恐ろしい後輩たちだよ……！」

苦笑しながらカーレンさんは前を向く。

当然、光の精霊も何事もなくそこに立っていた。

「全部壊れた？　壊れちゃった」

「ほら、ボサッとしていないで。精霊が逃げるわよ!!　追いなさい!!」

「おい、人使いが荒いぞ!!　まったく!!」

羽根を全て削ぎ落とされた少女が下がっていく。

仕切り直すつもりなのか、僕たちもその後を追いかける。

最初に遭遇した港近くで少女は止まった。

赤い血痕が周囲を惨《むご》たらしく彩っている。だけど、肝心の人物の姿がない。

「――油断したなこの餓鬼!!」

物陰から不意に現れる男。

「アハハハ、アハ……？」

予測していなかったのか、それとも遊び終わった玩具は記憶からなくなってしまうのか。

光の精霊が背中を晒していた。

大剣を振りかざしたアーダンが、勝利を確信して笑みを浮かべる。

「アーダン、迂闊《うかつ》にその子に近付くな!!」

「うるせぇうるせぇ！　俺に指図すんじゃねぇ!!　コイツの首は俺のもんだあああ!!」

僕の警告を無視し、アーダンが剣を振り回す。怪我が響くのか、剣筋が精彩《せいさい》を欠いていた。

光の精霊は華麗なステップで回避、それでもアーダンは必死に喰らいつく。

「クソッ!!　避《よ》けるな、死ね!!　さっさと死に晒せえええ!!」

「アハハハ、遅い、遅いわ！　弱い、弱い!!」

「そこの青年、助太刀するぞ!!」

「いらねぇよ!!　邪魔すんじゃねぇ!!」

一足先に追い付いたカーレンさんが、四本腕で魔剣アスカロンを操り地面を薙ぎ払った。

瓦礫《がれき》を前方に吹き飛ばし、敵の視界を妨害しながら自身も隙を狙っていく。

何度目かのせめぎ合いののち、銀腕が光の精霊の身体を正面に捉えた。

彼女は素手で防ぐも、低空に投げ出される。カーレンさんは身体を横に回転させ、そこへ魔剣を叩きつけた。

「――楽しいわ！　お前、強いのね！」

しかし光の精霊は小さな身体を翻《ひるがえ》して地面を滑《すべ》る。

至近距離からの一撃を喰らっても、目に見える傷は一つもなかった。

「効いていない？　いや、手応えはあったはず――自己修復か。いくら何でも早すぎるぞ……」

「もっと、もっと、私を楽しませて!!」

「おい、俺の獲物に手を出すなと言っているだろ！」

カーレンさんと光の精霊の攻防が続く。

超級冒険者の繰り広げる高度な戦いに、アーダンはまるでついていけていなかった。

無理やり間に入ろうとしても、無様《ぶざま》に転がるだけだ。剣を闇雲に振るい続けている。

「この餓鬼が!!　お前まで――お前まで俺を馬鹿にするなあああああ!!」

それでも何度目かに転んだ後、激昂したアーダンは、偶然にも光の精霊の背後を取っていた。

好敵手との戦いに気を取られ、今度こそ完全に無防備となった背中を狙った一閃。

それが小さな身体に刺し込まれていく。誰もがその瞬間、有効打だと確信した。

――光が弾けた。

「な、何だこれは⁉　な、何も見えない!!　ど、どこだ、や、奴はどこに行った⁉」

アーダンは一人戦線から離れ、彷徨《さまよ》っていた。

光の精霊から再度出現した翼。その輝きで一時的に視力を失ったらしい。

「……くっ、アーダン！　どうして逃げなかったんだよ!!」

「可哀想だけど、彼は無謀だったわね……！」

だけど僕たちは先に、彼がどうなったのか見てしまっていた。

もうアイツは戦うことができない。

「け、剣がない、いや、俺は放していない、どこに、どこに行った⁉　――違う、俺は、お、俺の腕が、うあ、うわああああああああ‼」

アーダンは気付いたんだ。自分の右腕が消失していることに。

血は出ていない、ただ塵となって消えただけだ。

「クソッ、クソッ……！　クソオオオオオオオオ‼」

片腕の重みを失い、悲痛な叫びを上げて暴れ回るアーダン。

やがて、地面に倒れ力尽きたかのように動かなくなってしまった。

微かに弱々しい呻《うめ》き声が聞こえてくる。命に別状がないことだけが救いだった。

「……光は回復と肉体強化に特化した属性よね？　もちろん魔族に対しても有効なのは知っているけど、人族相手でもこれほどの威力があるなんて、聞いたことがないわよ……？　これも精霊の力なの？」

アーシェさんは愕然としつつも、冷静さを失わず僕に問いかけてくる。

光の精霊に関しては、精霊術師である僕たちも詳しくは知らない。

過去の文献でもほとんど語られることがないからだ。なんせ、出会ったのも行動を共にしたのも勇者ただ一人。

人と敵対していた闇精霊より謎が多いと言ってもいい。

僕が語れるのは、普段見慣れている光属性の一面だけだ。

「どんなに優れた薬でも採り過ぎれば毒になるのと同じ……多分、彼女は攻撃そのものをしていないはずです」

「ちょっと待って！　それじゃニノ君は、あれはただ単純に強力な回復魔法だって言いたいの⁉」

「お、おそらく」

「信じられない……！」

例えば健康体の人に、回復魔法をかけ続ければどうなるか。

病弱な人に、身体強化の魔法をかけ続ければどうなるか。

答えは簡単。肉体が魔力の負荷に耐え切れず、拒絶反応を起こすのである。

これは推測だけど、光の精霊が持つ純度の高い属性力が、それだけの威力を一瞬にして引き出しているんだと思う。

器の許容量を遥かに超え、肉体そのものが魔力に取り込まれ霧散してしまうのだ。

元々、光属性は人の肉体との相性が非常に良く、それ故に回復や強化魔法の種類も豊富だった。

その相性の良さが逆に仇《あだ》となって、最強の人族殺しを生み出している。

「私たちの防壁が簡単に貫かれたのも同じ原理って訳ね。光の精霊の強化魔法の負荷に耐え切れず、内側から崩された……。最悪だわ、こんなの人が太刀打ちできる相手じゃない！」

僕たちが使う魔法には、発動する際に集めた属性力の他に、人が本来持つ魔力が少なからず混じっている。

属性力そのままで行使すると操りにくい上、高純度の属性力に肉体が耐えられないからだ。

あえて不純物を混ぜることで威力を抑えるというのは、負荷を下げるという意味でも妥当な仕組みなのだけど……。

光の精霊はそこに不純物《ふじゅんぶつ》を意図的に強化を加えることで、力の均衡《きんこう》を崩しているようだった。

特に防壁魔法は緻密《ちみつ》なバランスで成り立っているから、そういう攻撃には弱いのだろう。

「ニノ君。私にはさっぱりわからないんだけど……人じゃ勝てないってことで合ってる？」

「正確に言うと、人の魔力が含まれている魔法はほぼ無効化されるはず。それ以外なら通用すると思う」

「それじゃあ、精霊魔法なら戦えるよね？　私たちの魔力を最小に抑えれば……！」

「そうなるね。多少は軽減されちゃうと思うけど」

僕たち精霊術師は他の魔法使いたちと違って、自分たちの魔力をほとんど使っていない。九割九分、精霊様の力で成立させていると言ってもいい。

それでも防壁は無効化されたけど、攻撃魔法なら、多少魔力のバランスが崩されてもダメージは見込めるはず。

一番確実なのは、精霊様本人に戦ってもらうことだけど……。

「……ごめん……なさい……こ、怖い……の」

「大丈夫だよ、絶対に僕が守るから。それが精霊術師の役目だって、ね？」

僕は隣で震えているトルを抱き寄せる。

同じ精霊であるトルは、僕たち以上に光の精霊との力量差を感じているはず。

それでも、ここまでついてきてくれただけで嬉しい。

「ふふん。ニノ君も男らしくなってきたね、お姉ちゃんもそのうち……惚《ほ》れちゃうかも？」

「はいはい。フィリスに比べたら僕はまだまだ女々《めめ》しいですよ」

「……ニノ君、最近私の扱い酷くない？　お姉ちゃん悲しい」

「なら普段からもうちょっとこう、女性らしさというか何というか……。フィリスだけじゃなく
フィアーもそうだけど、男前過ぎるよ」

「トルは……？」

「「可愛い」」

おずおずと尋ねてきたトルに対しては、僕らの意見は一致していた。

フィリスは僕からトルを引き剥がすと、強く抱きしめる。

僕も負けじとトルを引き寄せる。二人で奪い合っているとトルは僕の背中に逃げ込んできた。

勝利を確信する僕に、フィリスは一人悔しがっていた。

「……貴方たちっていつもこんな感じなの？　緊張感はないのかしら」

「フィリスのせいです！」

「ニノ君のせいです！」

「真似しないでよ!!」

僕たちはお互い指差して睨み合った。

「ぷっ、面白い子たちね。図太いというか、こんな状況でも冗談が言えるのは心強くて助かるけど」

アーシェさんはその様子を見ておかしそうに笑った後、凛とした声で仕切り直した。

「――さあ、そろそろあいつに加勢してあげないとね」

◇

「ほら、カーレン！　助けに来たわよ!!」

僕たちは遅れて戦線に到着する。

「悪いけど……お前たちの面倒まで見ている余裕はないぞ？」

剣戟の最中《さなか》にこちらを一瞥して、カーレンさんは言った。

理解の及ばないレベルの戦いをしているカーレンさん。とても直接は加勢できないので、僕たちは少しでも光の精霊の行動を妨害すべく、牽制攻撃を加えていく。

一人善戦しているカーレンさんの周囲には、折れた剣が無数に転がっていた。

魔剣アスカロンは刃がこぼれ、二本の銀腕もボロボロになってしまっている。

「自己修復に加えて過剰強化による破壊か、ここまで人族相手に特化した能力は、魔族でもそう見られないな」

少女が持つ白銀の翼に触れないよう、回避に専念しつつも、彼は僅かなチャンスを見極めて攻めに転じる。

アーダンの怪我は無駄ではなかった。

「これが最強の冒険者……！　強い……！」

《八剣神》の実力は相当なもので、常人ならまともに受けていたであろう攻撃をいなし続けている。

避《よ》けるべきものと、そうでないものを瞬時に見極め、最小の動きで対処している。

それでも……武器の耐久度が追い付いていない。相手に届いても、明確なダメージを与える前に塵となって消失してしまう。

「これで七つ目か……くっ、これ以上やられると素手で戦う羽目になるな」

光の精霊の力はどうやら人工物にも作用するらしい。

一般に流通している武具にも、人の魔力が微量に含まれていたりする。

精錬段階で加えられる、強度を底上げする強化魔法。そこに光属性が過剰付与されているんだ。

「……つまらない。飽きた」

不意に、光の精霊の動きが止まった。僕たちから距離を取っていく。

「飽きたのならお家に帰ってくれると助かるな。日と場所を改めてもう一度戦ってもらえないかい？」

カーレンさんは少女に語りかける。

もちろん本気で言っている訳じゃない、けど帰って欲しいというのは本音のはず。

正直、このまま戦い続けても僕たちの勝ち目は薄い。こちらの戦力が削がれるばかりで、状況を打開する手が見つからないからだ。

光の精霊とまともに戦うためには、やはり反属性である闇の力が必要なのだ。

僕が扱う紛《まが》い物ではない——本物の闇が。

「おいで、私の、お友達。遊んであげて」

「まっ、普通は帰っちゃくれないよな……」

上空に超巨大な魔法陣が浮かび上がり、煌びやかな装飾で彩られた扉が召喚される。

鐘の音が天上に響き渡り、軋《きし》む音を立てながら扉が少しずつ開かれていく。

やがて夜の空に、眩い天の光が階段状に零れ出た。

後光を放って現れたのは八体の巨人。全身を黒鎧《よろい》で包み、背には六枚の翼。

頭上に浮かぶ光輪を輝かせ、その両腕には赤く彩られた禍々しい戦斧《せんぷ》が抱えられていた。

「さぁ、みんな、いってらっしゃい」

光の精霊は楽しそうに命じる。

彼女の意思に従って動き出す巨人は、天使と呼ぶに相応《ふさわ》しい様相を呈していた。

◇

「第七級天使《アルケー》……!?　天界の使者まで呼び出すとは、もう何でもありだな……対処するにしても数が多い。俺たちだけで防ぎ切れるかどうか……！」

「ま、待って。ギルドには既に援軍を要請してあるから。とにかく、時間を稼ぐのよ!!　ごめんなさい、ニノ君たち、ここから先は自分たちの力で逃げ切って!!」

カーレンさんとアーシェさんが先陣を切って、光の精霊と天使たちの注目を集めていく。

それでもたった二人では全員を相手するには足りず、半分はこちらに抜けてきた。

逃げろと言われても、後ろにはポートセルトの街がある。

残りを僕とフィリスで食い止めないと、街の人々に甚大な被害が出る。

「て、天使さまがいっぱいだぁ……！　意外と暴力的な格好なんだね。悪魔に近いような……？」

「放心してないで早く止めないと、街に入られたらおしまいだよ！」

「わ、わかってるよ！　ウィズリィ様、全力でお願いします!!」

横一列で進軍してくる、四体の第七級天使《アルケー》。

そこへフィリスが水の機雷で妨害、僕もその後ろから電撃《ライトニング》を放つ。

水属性を伴った爆発と、雷属性の破壊力を同時に受けて巨体が揺らいだ。

——ゴゴゴゴゴゴゴゴ
「……あれ、効いて……ない？」

「うわ～ん。ちょっと厳しいかも～！」

敵は強引に突破してきた。ダメージ自体は入っているらしく、鎧が砕け損傷しているのが見て取れるものの、速度は落ちていない。

怯むことなく前に進み続ける姿は、まるで意思を持たない傀儡《かいらい》だ。

「これ本当に効いているのかな⁉ と、止まって‼ 止まれ～‼」

「フィリス、一旦下がってもう一度繰り返すよ！ ギルドの援軍が来るまで時間を稼ぐんだ！」

僕たちは港近くにある倉庫内を駆け抜ける。

背後からは倉庫を踏み潰す破壊音が聞こえる。敵は一直線に街へ向かっていた。

徐々に詰められる距離。

「逃げ惑って、可愛い。もっと、踊りなさい。踊って？」

遠く離れた光の精霊の声が脳裏にまで響いてきた。

直後、天使の全身鎧の隙間から邪悪な光が零れる。

「ちょっ‼ いきなり本気⁉ あぶっ⁉」

突如意思を持ち始めた天使が戦斧を振るった。

フィリスは直感のままに瞬時に身を屈めた。髪の先端が切られて風に流される。

それを合図に、四体が一斉に攻撃を繰り出してきた。

「フィリス!! 大丈——うわっ、トル、僕の傍に!! 大地の守り《ガイアディフェンス》!!」

「……うぅ」

巨体に阻まれてフィリスに近付く余裕もない。

天使の連撃を受け流すが、足元の地面が抉れる。さらに火属性が付与された一撃が、背後の壁を一瞬にして燃え上がらせる。

「こっちは、平気!! だから、よっ、が、頑張る!! ニノ君、後の半分は、任せた!!」

フィリスは天使の一体を水の渦で捕らえ、もう一体を相手に善戦していた。

凄まじい集中力で、足止めと戦闘の二つを交互にこなしている。今は彼女の力を信じるしかない。

残りの二体が僕とトルを狙って襲いかかってくる。

僕たちは乱戦にならないように、別の倉庫にまで引き連れていく。

「ニノ……! あの人が!!」

しかしその途中、トルが僕の身体を揺らして指差した。

その先に視線を向けると、天使の一体が僕の方から離れ、桟橋の近くで倒れた男を狙っているのが見えた。

「アーダン!? アイツ、まだ逃げていなかったのか! トル、雷の翼《サンダーバード》だ!!」

「う、うん！」

雷属性による高速移動。

放物線を描くようにして短距離を無理やり飛び、アーダンの前へ身体を捻《ね》じ込《こ》む。

着地の際、足が衝撃に耐え切れず血が噴き出すが無視する。

そして戦斧が振り下ろされる瞬間、間一髪で両腕に大地の盾《ガイアシールド》を発動した。

「止まれえええええええええ!!」

全身に降りかかる衝撃。骨の軋む嫌な音が耳に残る。

火属性の爆発の余波で天井が崩壊するが、雷の翼《サンダーバード》で瓦礫の雨を弾き飛ばす。

「うぐっ、お、重い……！　けど……！　アーダン、今のうちに逃げろ!!」

天使の膂力《りょりょく》で押し込まれる戦斧が、小さな僕を盾ごと潰そうとしている。

翼を広げ、姿勢を制御して耐え抜くが、このままだと長くは持ちそうにない。

「何故……俺を助ける？　腕を失くした戦士に何の価値がある？　それとも自慢か？　その両腕を俺に見せつけているのか？」

背後でアーダンが小さく言葉を零した。

以前のあのふてぶてしい態度がまるで嘘のようだ。僕はかけてやれる言葉が浮かばない。

ここまで弱っているとは思いもしなかった。こんなにも人は弱い生き物なのかと。

「さっさと見捨てろよ、俺みたいな屑《くず》を残しても、何の得にもならないだろ。ほら、行けよ。失せろよ!!」

自暴自棄になる男。子供のように喚き、ふて腐れている。

段々と腹が立ってきた。せっかく助かった命を、チャンスを、自ら投げ捨てるその態度に。

これじゃあ助けに入った僕が馬鹿みたいじゃないか。

「……ッ!! アーダン!! お前も冒険者だったら最後まで死に抗《あらが》えよ!! 新人が一番最初に教わる基礎中の基礎だろ!? そんなことも忘れたのか!!」

今まで出したこともないような大声で僕は叫んだ。

「いつもの傲慢なお前はどこに行ったんだ! このまま無様に何もできずに死ぬのかよ、死んだ仲間に顔向けできるのか!? この卑怯者!!」

——怒りと共に、思いつくだけの言葉は放った。

下手くそな罵声でも届いているはずだ。何しろコイツは、僕のことが気に食わないだろうから。

そして僕自身も、コイツのことがあまり好きじゃない。

「——うるせぇうるせぇうるせぇ!! テメェはいちいちムカつくんだよ!!」

「あっそう、僕も初めて会った時からお前が嫌いだよ!! だからさっさと立ち上がって〝手〟を貸せよ!!」

「ニノ、さてはお前……ワザとだな? 覚えてやがれよ、いつか吠え面かかせてやる!」

砂利を力強く踏みしめ、立ち上がる音が聞こえた。僕は満足して守りに集中する。

アーダンは落ちていた大剣を片手で掴むと、身体を回転させ遠心力を利かせる。

「邪魔くせぇ!!　吹き飛べよ、《強打》!!」

「弾き返せ《リフレクト》!!」

大地の盾《ガイアシールド》の反射と、火属性で強化されたアーダンの大剣の同時攻撃。

天使の身体が揺らいだ。

「翼よ、敵を貫け……!」

トルがすかさず僕の翼を操り、そこから追撃の稲妻を放って天使の身体を突き刺していく。

煙を放ちながら膝をつく巨体——だが、その背後から更にもう一体の天使が現れた。

炎を纏わせた戦斧を両腕に持って、今度は交差させ左右から攻め立ててくる。

「来い!!　何度でも防いでやる!!」

もう一度大地の盾《ガイアシールド》で受け止める。

左右片腕ずつの不安定な守りは徐々に力で押され、空間が狭まっていく。

それでも、限界を超えても、力の放出をやめない。歯を食い縛って堪《こら》え続ける。

「おい、早くしないとこのまま押し潰されるぞ。偉そうな口を叩いてこの程度で終わりか!?」

「だ、黙ってろ!!　も、もう少しで弾けるから!!」

「ニノ……!　早く、次が……!」

鎧の隙間から覗く紅《あか》い瞳が光った。この状況で、更に攻撃魔法が来る。

僕の両腕は塞がっていて、このままでは三人とも直撃を喰らってしまう。

「ま、負けてたまるかあああああああ!!」

「クソッたれ!!　ここまで来たら最後まで抗ってやるよ!!」

「……ッ!!」

アーダンが前に出て大剣を盾にする。

トルも僕を守るように身体を広げた。それでも気休めにしかならない。

遅れて大地の盾《ガイアシールド》が輝くが、その前に天使の攻撃が放たれる。

そして——

『ヴオオオオオオオオ!!』

突然、両腕の拘束が解かれ、力んだ身体がよろけて地面に転がる。

見上げると、天使の身体が地面から召喚された巨大な腕によって殴り飛ばされていた。

「……白銀人形《ミスリルゴーレム》だと⁉　ニノ、お前が呼び出したのか⁉」

「違う、これだけの規模のゴーレムを同時召喚なんて僕の力では、きっとこれは……！」

僕たちを守るように、白銀《ミスリル》の肉体を持つ土人形《ゴーレム》が四体も並んでいる。

周囲を見渡しても、召喚主の姿はどこにも見当たらない。

でも、誰が助けてくれたのか僕にはわかる。心の中で彼女に感謝する。

土属性単体で生み出せる最高峰のゴーレムたちが、天使たちに向かっていった。

敵の攻撃を強靭《きょうじん》な肉体で受け止めながら殴り倒していく。

「へぇ、あの子も、いるんだ。面白い」

「光の精霊!?　こっちに来ていたのか!!」

光の精霊が壊れた天井から降り立つ。

誰がこの地を訪れたのか理解しているらしい。意外そうな表情で周囲を隈なく見渡している。

より強い力に惹かれるのか、僕たちを眼中に入れようともしない。

と、思ったら目が合った。

「ふーん、出てこないなら。そこの人族を殺す？」

『――ニノには手を出させません!!』

どこからか、懐かしい声がした。幼少の記憶が思い起こされる。

姿は相変わらず見えない。でも声が聞けた、それだけで僕には十分だった。

「へぇ、ノート。貴方も遊んでくれるの？」

『ええ、お望み通り遊んであげますとも。ただし、地の底でね？』

「ッ!?」

突如地面が割れ、小さな両腕が光の精霊の足を掴んだ。そのまま地中に引き摺り込んでいく。

一瞬の出来事に我を忘れて眺めていたけど、じっとしている場合じゃなかった。

湧き上がる感情を押し殺して立ち上がる。トルはもう一人の同族の存在に目を丸くしていた。

「あれも……精霊？」

「うん、最高の助っ人だよ！　よし、今のうちにみんなと合流だ!!」

倉庫から外に出ると、地響きが起こっていた。

地中では激しい戦闘が行われているらしい。衝撃によって道の舗装はめくれ上がり、土砂が大量に噴き上がっている。

ポートセルトの港の地形までもが変わり、停泊していた船が何隻も沈んでいく。

「……次元が違う。これが精霊の力なのか……？　俺はこんな奴に戦いを挑んでいたのか……？」

アーダンは目の前の光景に震え上がっていた。

僕も同じ気分だった。もう人の力でどうにかなる規模じゃない。

「うにゃああああああああ!?」

後方で爆発音がして、フィリスが倉庫から飛び出してきた。生き残りの天使たちに追われている。

「ちょっと!!　ボサッとしてないで助けてよぉ!!　……あれ？　ゴーレムさん？」

白銀人形《ミスリルゴーレム》たちが、フィリスを追っていた残党もあっという間に倒してしまった。

「わぁ凄い！　ニノ君が出してくれたの!?」

「ノート様が助けてくれたんだよ。今もアイツと戦ってくれてる！」

「……え、本当？　……良かったじゃない！　憧れの精霊様だよ!?」

フィリスは疲れているのか、一瞬言葉を詰まらせた後、ごまかすように笑った。

遥か前方に目をやると、先輩二人がこちらに向かって走ってくる姿が見える。

その周りには人が増えていた。ギルドから駆け付けてくれた冒険者たちだろうか。

天使は全員倒した。残るは光の精霊ただ一人。

「――お前が死ねば、あの子が、悲しむ？」

その刹那、地下から突き破ってきた閃光が僕たちを捕らえた。

「なっ⁉　しまっ⁉」

「あっ……」

「ひゃっ⁉」

「何だと！」

眼前で悪魔の笑みを浮かべた少女が両翼を広げる。

「優しく、包んであげる。アハ、アハハハハハハ」

このまま全員まとめて消滅させるつもりだ。助けが来たことで完全に油断していた。

この距離じゃ防御も間に合わない――

「――随分と楽しそうね〝レム〟。その格好は私に対する当て付けかしら？」

聞き馴染んだ声と共に、暗黒の槍が大地に突き刺さる。

四方に結界が張られ僕たちを光の衝撃から守ってくれる。そして、天から降り注ぐのは闇の瘴気《しょうき》。

「ガアアアアアアアアッ、い、イタイ。アヒャヒャ、アハハハハハハハハ‼」

瘴気に蝕まれ、光の精霊が初めて膝をついた。

片翼が折れ、声だけは笑いながら、表情を苦痛に歪めている。自己修復も追い付いていない。

圧倒的な力による無慈悲な一撃。同族であろうと躊躇なく全力を振るう姿は、まさしく闇を司る精霊だった。

「フィアー来てくれたんだ！」

「え？　フィアーちゃん……？　今の何、闇属性使ってなかった？　ねぇ、そこの戦士君も見てたよね？」

「……もうどうでもいい。俺は考えるのをやめた」

「フィア……凄い。強い」

僕の前に降り立った紫髪の少女は、普段は隠している透明な羽を広げ、輝かせていた。

その長い髪をかき上げて振り返る。久しぶりに外に出られたからか、心なしか機嫌が良さそうだった。

「ニノ、怪我はない？　――って、アイツ《ノート》に先を越されていたみたいね。はぁ、本当ムカつく」

静止している白銀人形《ミスリルゴーレム》を一瞥して、フィアーは溜め息をつく。

全力で駆け付けてくれたのか、いつもは綺麗に整っている衣服が乱れていた。

「……フィアー!!　やっと見つけた……私の、敵、私の敵!!」

と、光の精霊――レムの様子が急変した。

正気を失っても、遥か昔の記憶が残っているのか、闇精霊に明確な敵意を向けている。

それを正面から受け止め、フィアーは不敵に笑ってみせた。

「貴方と戦うのは三百年振りくらいかしら？　来なさいよ、もう一度泣かせてあげるわ!!」

第十話　死闘

「倒す、お前だけは、ユルサナイ!!」

レムが、身体を痙攣《けいれん》させ呪詛《じゅそ》を呟きながら立ち上がる。

髪の色が白髪に変わり、身に纏うドレスも闇を払う白に染まっていく。

空に無数の魔法陣が描かれ、八枚の翼を背負った天使が召喚された。

第七級天使《アルケー》を超える威圧感を放つ、第六級天使《パワー》が地上の生きとし生ける者たちに襲いかかる。

「この程度で止められるとでも？　私も舐められたものね！」

フィアーも負けじと大地に魔法陣を描き、瘴気を放つ沼を生み出す。

這い上がってきたのは青味がかった肌、大木のような腕に極太の棍棒を持った魔物。

肉が溶け、骨が剥き出しになっているけど、僕も見覚えのある姿だった。

「これって……あの時のキングトロールだよね？　まさか蘇生させたの!?」

「死者の魂を再利用しただけよ、さぁ行きなさい!!」

死臭を漂わせた二体のキングトロールが、第六級天使《パワー》を押さえ込む。

白銀人形《ミスリルゴーレム》たちもそれに呼応して参戦する。

「離れろおおおお!!　巻き込まれるぞおおおお!!」

「な、何なんだこれは!?　天使に魔物に土人形《ゴーレム》まで暴れている……！」

「おいおい、敵は一人じゃなかったのか？　こんなの聞いてないぞ!?」

離れたところで、応援に来た冒険者たちが混乱していた。

一見しただけでは、誰が誰の味方なのかもわからない乱戦状態。戸惑うのも無理はなかった。

「……闇精霊か。まさかニノ君が、そんな奥の手を隠し持っているとはな」

「黙っていてすみません。だけど、今の彼女は僕たちの味方です」

カーレンさんが難しい表情をして、僕の後ろに立っていた。

ここまできたら誤魔化しようもない。遠慮なく闇属性を使っていく。

「カーレン!!　その話は後よ。ニノ君、ここは君たちに任せていいのね？」

黙って頷くと、二人が冒険者たちをまとめ、撤退を開始した。

「アハハハハハ、ハハハハハハハハハ!!」

レムが翼を回転させ、眩い宝珠《オーブ》を周囲に散りばめる。

今まで一度も見せていなかった攻撃魔法だ。無差別に降り注ぐ光柱が港を破壊していく。

「……フィリスとアーダンもここから離れて。コイツは僕たちが必ず倒すから‼」

「言われるまでもない！　お前の力で倒せるものなら、倒してみせろ‼」

「わ、わかったよ。ニノ君もフィアーちゃんもトルちゃんも頑張ってね‼」

後方に下がる二人を見送りながら、残った二人の少女に目配せする。

トルもフィアーも、示し合わせたかのように力を送ってくれる。

「ニノ、私に合わせて！　レムは狂っているように見えるけど、フリよ。アイツは演技をしている。昔から人を誑《たぶら》かすのが得意な子だったから‼」

「わかった！」

身体に送り込まれる闇属性を僕の魔力と練り合わせ、闇槍《デーモンランス》を発動。

フィアーとも合わせて、二十もの闇槍《デーモンランス》が光を追尾する。白銀の翼を削り、レムに確実にダメージを与えていく。

「ガアアアアアア、消す、お前だけは、必ず、殺す、殺してやる、全員消えろ‼」

複数の閃光と共に、さっきのような天使たちが次々と各地で召喚された。

現場にいる冒険者たちが対応に当たっているけど、数が多過ぎる。

「ノート、聞こえているんでしょ⁉　ここにいる人族たちは貴方が何とかしなさい‼」

フィアーはそう叫ぶと羽を広げて、レムに体当たりした。

軽い体重でも勢いのついた一撃は、相手を港から海上へと押し出す。

「トル、雷の翼《サンダーバード》を最大出力で。ここから奴を遠ざける！」

「ニノ、気を……つけて……！」

僕の背中に、小さな手のひらが触れた。

雷属性の力を受けて、稲光を起こしながら翼が活性化する。

「フィアー！　舌は噛まないでよ!?」

「子供じゃないんだから大丈夫よ!!」

戻ってきたフィアーを腕に抱え、僕は思いっ切り羽ばたいた。

雷属性の加速力でレムに吶喊《とっかん》、空中で何度も接触しながら、徐々に港から遠ざけていく。

闇の障壁が僕たちの身体を包み込み、光属性の過剰付与を打ち消してくれる。

「死ね、シネ!!」

「芸のない攻撃ね!!」

衝突するたびに、殺到する宝珠《オーブ》をフィアーが一つ一つ闇槍《デーモンランス》で叩き落としていく。

稲妻の如く超速度で海上を移動、何者にも捉えられない速さは相手の隙を作り出す。

フィアーが握り締めた闇槍《デーモンランス》を巨大化させ、そのまま弾丸のようにして敵を貫いた。

その瞬間――レムの身体が消滅した。

「消えた!?」

「幻影《イリュージョン》よ!!　本体は後ろ!!」

翼を翻し天から降り注ぐ熱線《ガンマレイ》を躱す。海水が水蒸気となって視界を塞ぐ。

そこから連続して宝珠《オーブ》が殺到するが、雷の翼《サンダーバード》が自動迎撃してくれた。港にいるトルが操ってくれているんだ。

距離を取って向かい合う。フィアーが先に動き出し、両手で闇属性を解放していく。

「悪夢に呑まれなさい!!」

「……ウガ、ガガガガ……跳ね……返せ!!」

両腕に漆黒の鎌を持つ死神が発現し、レムを狙って振り下ろす。

だが刃が届く直前に、間に鏡のような魔法が割り込んできた。それは死神本体を映し出し、自らの首を刎ねさせて消滅させる。

「相変わらず面倒な魔法ばかり使うわね!!」

「あれは魔反鏡《レガリア》……？」

魔力そのものを跳ね返す鏡が、レムの周囲を回っていた。あれではどこから攻撃しても、単体だと跳ね返されてしまう。

「ここは分かれて多方向から攻めよう!!」

フィアーを空中に放すと、彼女はフラフラと危ういバランスで浮かぶ。

「……飛ぶのは得意じゃないんだけど。この際、文句は言ってられないわね」

「僕が囮《おとり》になるから、フィアーは自由に動いて！」

「障壁は離れると薄くなるから気を付けなさいよ？」

「わか――ったあああああ!!　あぁ、危ない、危ない、今のはギリギリだった」

「ほらっ、油断したら駄目でしょ!?」

レムが生み出した光剣《フォトンブレイド》が間一髪で掠めた。

今度は油断せずに、自由自在に伸縮する光撃を三次元の動きで回避、雷の翼《サンダーバード》で翻弄する。

「お前、邪魔!!」

「それが僕の役目だからね!!」

背中に回り込み、レムの身体にぶつかっていく。

魔法攻撃ではない単純な体当たりなら、鏡の反射は作用しない。

レムは空中で何度も回転しながら光剣《フォトンブレイド》を動かし、僕の身体に過剰付与を仕掛けてくる。

フィアーの闇の障壁と干渉して、チリチリと削れる音がした。

「そこだ!!　黒死球《ソウルスティール》!!」

生み出されるや否や、光剣から放たれる光属性を吸い取って、巨大化する黒球。

レムは危険を察知してか上空に逃れ――その先に、フィアーが闇の槌《ハンマー》を振り上げて待ち構えていた。

「残念だけどその行動はお見通しよ!!」

「ガアアアアアアアアア!!」

フィアーが槌でレムの左翼を叩き壊す。羽根が飛び散り白い爆発を生み出した。

両翼を傷付けられ、海面付近で何とか止まったレムは苦し紛れに詠唱を始める。

「……逃すものか!! 雷撃《ライトニング》!!」

「グ、グウウウウウ!!」

広範囲に及ぶ電撃で相手の思考を断つ。

その切れ目にフィアーが飛び込み、闇槍《デーモンランス》でレムの身体を貫いた。

更に間髪容れず、闇の瘴気で覆い四肢を鎖で繋いでいく。

「これでトドメよ、次元の彼方に消えて無くなりなさい!!」

そして、僕とフィアーは同時に腕を突き出して、闇属性最上位の魔法を発動した。

巨大で無機質な黒渦《ブラックホール》が、レムの身体を中心に固定化された。

「ギャアアアアアアアア」

骨が砕ける音、少女の悲鳴と共に、少しずつその肉体が消滅していく。

精霊を構成する属性力そのものを、渦が吸い取っているのだ。

「ガアッ……アァ……アア……、ふ、フィア……………私の……と……もだ……」

徐々にか細くなる声。弱り切ったレムが何かを必死に呟いている。

それが何故か僕には、優しげに聞こえてくる。

最期に何かを伝えたいのだろうか……?

「……アハッ……ソウ……ル……」

その口元が、不気味に歪んだ。

「ッ!!　ま、マズイ!!　ニノ、油断しないで!!　いい加減、早く消滅しなさい!!」

レムの変貌に焦りを見せたフィアーが、強引に出力を上げた。

僕の魔力を強制的に吸い出し、黒渦《ブラックホール》の威力を最大限に引き上げる。

「サクリ……ファイス」

黒渦《ブラックホール》が光の精霊もろとも消失した直後、僕たちの間を白い風が通り抜けていった。

一瞬だったけど、その膨大な属性力に身震いしてしまった。

もし今のが完全に発動していたら……。考えただけでも恐ろしい。

「……まったく。最後の最後で焦らせてくれるわね!!　あの子は演技が上手いって言ったでしょ？」

「ごめん……どうしても気になって」

「ま、無事に終わったからそれでよしとするわ。……はぁ、久しぶりに暴れられて清々《せいせい》した」

「うん、お疲れ様だね」

死闘の終わり。

静かになった夜空に波の音だけが響いている。

僕もフィアーも緊張から解放されて一息つく。

だが――

「あ、あれは……ま、まさか……！」

「……どうしたの？」

一瞬だけど、僕には見えた。レムの、彼女の執念が、悪意が。

心臓を鷲掴《わしづか》みにされたかのような悪寒《おかん》が襲ってきた。

僕は雷の翼《サンダーバード》を羽ばたかせる。

「ごめん!!　悪いけど一人で戻ってきて!!」

「えっ、ニノ？　ちょっとどうしたの――」

返事を聞く前に全力で飛翔した。

港には天使たちの掃討を終えて、僕たちの戦いの行く末を見守っていた人たちの姿が見える。

「クソッ、クソッ!!　間に合え！　間に合え!!」

港から遠く離れた海上だからこそ、ハッキリと見て取れた。

遥か上空に、雲をかき分けて白い龍が顔を覗かせている姿を。その顎《あぎと》から放たれた白線を。

光の精霊は、最期に最悪な嫌がらせをしてきた。

目の前の宿敵ではなく、僕たちの大切な者を破壊するためだけに力を使ったんだ。

「早く、早く早く!!　逃げろ、お願いだから逃げてくれ!!」

空気を切り裂き、身体の負担も無視して速度を上げ続ける。

トルはいち早く異変に気付いたらしく、空を見上げたが、それでもその場から動こうとしなかった。

彼女は出力を上げる訓練はしていても、細かな技術はまだ覚束ない。今、トルが逃げるために動けば雷の翼《サンダーバード》が解除され、僕は夜の海に投げ出される。

彼女に直接力を与えてもらった翼は、僕一人では運用できないほど強力になっているのだ。

フィアーの羽では人一人も支えきれないし、疲弊した状態の僕が海に落ちたら助かる保証はない。

それをトルはよく理解していた。……理解してしまっているんだ。

「トル、早く逃げろ!! 僕のことはいいから、早くそこから離れるんだ!!」

それでも構わない。契約で繋がっているから、僕の想いはきっと届いている。

「――――!!」

だけど、トルは首を横に振った。自分の命じゃなく僕の命を取った。あれだけ怖がっていたのに。

遅れてフィリスが白龍の息吹に気付き、動かないトルを助けに走っている。

防壁を張って少しでも威力を落とそうとしている。

周りの冒険者たちも逃げず、できる限りの魔法で援護していた。

それでも、精霊という並外れた存在の渾身の一撃が、その程度で防ぎ切れるはずがない。

「絶対に、殺させるものかあああああああ!!」

トルたちのもとに飛び込み、僕は命を削る思いで体内の魔力を爆発させ、翼を広げて大切な人たちを包み込んだ。

――眩い熱を持った光が世界を白く染めた。


消滅した属性力が、キラキラと粒子になって輝いている。

目の前には大切な二人の姿。見たところ怪我はなさそうだ。

安堵からか身体の力が抜けていく。落下する僕を、フィリスが受け止めてくれた。

「二人とも大丈夫……？　無茶をしたら、駄目じゃないか。って僕が言えたことじゃないけど……」

ゆっくりと地面に寝かされて、僕は呟く。

「ニノ君……？　ど、どうして……？　い、嫌……う、嘘だ……嘘だ……!!」

「あ、あぁ………あああああああああ!!」

助かったはずなのに、二人の顔は暗かった。暗いどころか、今にも倒れかねないくらいに憔悴《しょうすい》してしまっている。

実際に倒れているのは僕の方なのに、おかしな話だ。

「ニノ……お前」

アーダンも駆け寄ってきたが、僕の姿を見て驚いている。

みんなしてよくわからない。誰も何も教えてくれない。

泣き崩れるトルを抱きしめようとして、ようやく気付いた。

――ああ、腕がないのか。

僕の左腕は、塵となって崩れ去っていた。よく見ると右足も半分欠けてしまっている。

納得したのと同時に、思わず笑ってしまう。

「あはは、見てよアーダン。お前とお揃いになっちゃったよ。……困ったなぁ」

「……馬鹿だろお前。よく見ろ、俺よりも酷いぞ？」

「……嫌だよ、自分が消えるところなんて見たいと思う？」

「チッ、こういう時ぐらい弱音を吐けばいいものを。お前は最後まで……もう知らん」

アーダンが背を向けて去っていく。

その後ろ姿をぼんやりと眺める僕を、フィリスが抱き起こす。

熱が全身に回って暖かい。痛みがないのだけが救いだった。

「止まって!! お願いだから!! 止まれ!! 止まれよ!! 止まれったら!! 消えちゃ駄目!! 消えちゃ……駄目……お願い……!! ニノ君、死んじゃやだ……!!」

フィリスは僕の身体を揺らして叫んでいた。

断面から侵食が進んでいく。よほど強い光属性を取り込んでしまったのだろうか。

それでも僕には、フィアーと契約して得た闇属性がある分、侵食のスピードはとても緩やかだった。

「嫌だ……嫌だ。消え、ないで……消えない……で！」

トルも隣で必死になって僕の身体を揺らしている。

慰めの言葉をかけようとしても、何も浮かばない。どれも逆効果になってしまいそうだった。

「ニノ君！　今、治療するから、諦めたら駄目よ!?」

アーシェさんがやってきて僕の身体に触れる。

杖を出して詠唱を始めたけれど、後ろからそれをカーレンさんが止めた。

「待て、光属性で受けた傷に回復魔法は逆効果だ。下手に触らずに、このまま置いておくんだ」

「それじゃ彼を見殺しにしろって言うの!?　私たちを助けてくれたのよ!?」

「落ち着け。俺たちでは無理だが、彼女なら――」

カーレンさんがそう言って、港に降り立った、闇を纏う少女を指差す。

フィアーが僕たちを見ていた。状況が理解できていないのか口を開けて立ち止まっている。

「ちょっと、何をやっているのよ……!!　これはどういうこと!?」

「フィアーちゃんどうしよう……ニノ君が、ニノ君が死んじゃうよ!!」

「はぁ!?　……退《ど》きなさい!!　退《ど》け!!　邪魔すると殺すわよ!!」

人波をかき分けフィアーが僕のところに辿り着く。

カーレンさんたちから話を聞き、それから僕の消えた手足を見る。

「……貴方って本当に馬鹿なのね。精霊がそう簡単に死ぬはずがないでしょ？　たとえ肉体を失っても、いずれは蘇るのに……まず自分の命を優先しなさいよ」

そう言って彼女は傍らに屈み込み、子供をあやすように優しく頭を撫でてくれた。

僕はフィアーに笑いかける。その手が震えていることに気付いてしまったから。

「それでも助けたいと思ったから、身体が自然に動いたんだよ。仕方ないよ、これが僕の生き方だから」

精霊様は不死の存在だ。誰かが存在を認知している限り、僅かな属性力でも蘇る。

それでも器を失ったら、復活に数年、長ければ数百年の年月がかかるだろう。僕はそこまで待てないし、後悔したくなかった。

トルを助けようとしたフィリスだって、きっと同じ想いだったはず。これは精霊術師としての性《さが》なのだ。

「ほら、少し痛むと思うけど我慢しなさいよ？」

「痛っ、ぐううっ」

僕の身体に高純度の闇属性が送り込まれてくる。

体内で光属性を中和し、侵食が止まっていく。胸が苦しくなってきた。

「これが闇精霊の力か。封印されているとは聞いていたが、彼が……そうか」

「……カーレン。今は仕事は抜きにしなさいよ？」

「まぁそうだな、とりあえず目的の一つは果たせた訳だ。――後処理が大変そうだがな」

安堵とも嘆息とも取れる溜め息をついて、カーレンさんが辺りを見回す。

この街の港は、完全に機能を果たせなくなっていた。

復興作業には膨大な時間と、莫大な費用が必要になるだろう。

本部に報告する義務がある二人の先輩は、苦笑しながらこの場を離れていった。

「はい……もう大丈夫よ。侵食は止まった、ニノは消えないわ」

「フィア……本当？　消えない……？」

「私の力が信用できないの？」

「ううん、でも……」

それでもトルは怖がっている。震える手で服を握っている。

僕は起き上がると残った右腕を勢いよく回して見せた。

「大丈夫だって。ほらこんなに動くよ？　い、イタタタタ。ちょ、ちょっと冗談抜きで痛い……！」

「もう、侵食が止まっただけで回復した訳じゃないんだから無茶しないの!!　むしろ、送り込んだ属性力で身体にダメージが蓄積しているんだから!!」

「えっ、そうなの!?　それを先に言って……あああ、本気で死ぬ。痛みで死ぬ!!」

僕の中で闇属性が暴れていた。まだ光属性で消えた方がマシなくらい痛い。

周囲で見守っていた冒険者たちからは、安堵の声が聞こえてきた。

痛みを感じるのは生きている証拠だ。それをみんなよくわかっていた。けど笑い事じゃない。

「イタタタタ、あれ？　フィリス泣いているの？　珍しい。明日、槍が降るかも」

「なぐにきまってるでじょ！　よがっだぁ!!　ほんどうによがっだぁ!!」

「何言ってるのか聞き取りづらいよ——って汚い、鼻水が汚い!!」

押し倒されそうになるのを防ごうとして力負けした。今の僕にはそんな余裕がない。

まだ人がたくさん残っているのに、恥ずかしかった。

「トル……ニノの、腕に……なる……から。一生……償《つぐな》う……から」

「そんな深刻にならなくても。気にしなくていいよ？」

「ばが!!　ばがあああああああ!!　ニノ君のばがあああああああ!!」

「ごめん……なさ……い！」

「ちょっと、二人でくっついたら私の居場所がないじゃない。仲間外れにしないでよ！」

残った右腕で、三人を抱き留める。

一生の傷は残ってしまったけど、何とか今回の事件は解決できた。

後に残るものを考えると頭は痛いけど、今は考えないようにしておこう。

第十一話　臆病な少女

丘の上の一等地に佇む大きな屋敷。

ベッドの上で安らかな眠りにつく少年に近付く、一つの影があった。

可憐な造花で彩られた手作りの冠を頭に載せ、腰まで届く黄土色の髪を揺らす少女。

慎重な足取りでベッドに辿り着くと、ゆっくりと腰をかけた。

「………」

そのまま少年の、穢《けが》れのない白い肌に触れようと手を伸ばし、直前で止まった。

少しの逡巡《しゅんじゅん》ののち、場所を変える。戦闘で失われ、不自然に切り取られた腕の付け根を、微かに震える手で撫でる。

シーツには少女が生み出す水滴によって、点々と染みが生まれていた。

「……私たちの根城に忍び込むだなんて、とんだ命知らずがいたものね。あの戦いの後だというのに警戒していないと思ったの？　残念だけど貴方の好きにはさせないわよ……ノート！」

棘《とげ》のある声が室内を反響した。

闇を纏った少女が、部屋の隅で腕を組み、侵入者に対して厳しい視線を向けている。

「……三百年振りですか。しばらく見ない間に随分と人が変わりましたね。フィアー」

特に驚いた様子もなく、侵入者の少女は微笑んだ。

その頬には涙の跡が見える。フィアーは溜め息をついて、警戒を解いた。

「貴方こそ、あの頃とまるで変わっているじゃない。コソコソと裏で嗅ぎ回っているみたいだけど、いい加減表に出てきなさいよ。この臆病者」

「そうやって強い言葉で、自分を大きく見せようとするところは変わりませんね。昔からよく手を焼かされたものです」

「……はぁ、だから嫌いなのよ。こういう時だけ年上ぶって……面倒くさい」

軽口を叩きながら互いに牽制し合う。

同じ精霊ではあっても、最後に会ったのは戦場だった。それも人族と魔族の戦争で、敵同士としてだ。

それでもこうして普通に会話ができるのは、二人の間で呑気《のんき》に眠っている少年のお陰だろうか。

「それで用件は何？　――まさか夜這《よば》いとか言わないでしょうね？　捻《ひね》り潰すわよ？」

「もう、話が飛躍し過ぎです。私はただ……彼が心配で……」

ノートは小さな手で少年の頬に触れる。

大切な宝物を慈《いつく》しむような姿。フィアーは眉をひそめる。

あまり他の精霊に触れて欲しくなかったからだ。

ニノのことを父親のように慕っているトルはともかく、ノートはニノにとって特別な存在だ。

独占欲が強いフィアーには、それがどうしても我慢ならない。

何より以前のノートを知っていると、その行動が考えられなかった。

「貴方ともあろう者が、一人の少年に固執《こしつ》するなんて信じられないわね。以前は人族には無関心を貫いていた癖に」

精霊はあくまで人と相容れない存在。必要以上に関わらないし手を貸さない、というのが普通だ。

少なくとも昔の――人族と魔族が戦争になる前のノートなら、川で溺《おぼ》れて死にかけている少年を救うなんてことはしなかった。

「それはこちらの台詞です。闇精霊である貴方が人と行動を共にするだなんて、実際にこの目で見るまで信じられませんでした。今でも疑っているのですよ？　もし貴方が、悪意を持って彼に近付いているのであれば……」

「……ふーん。それで今まで監視していたと？　目にかけていた子を取られそうになって焦った？　……安心しなさい、ニノは特別よ。私が彼に危害を加えるなんてありえないから。ニノは私の――光よ」

ノートは思わず目を丸くしてフィアーを見た。

「……フィアー貴方、封印されている間にレムの影響を受けましたか？」

「そうかもね。……アイツは逆に、私の悪い影響を受けたみたいだけど」

「あの変わりようには、私も驚いています。あの子は……今も深い悲しみの中にいるのですね……」

そう言って目を閉じるノート。

レムの変貌ぶりにはフィアーも、内心で驚いてはいた。

誰よりも人を愛していた少女が、彼らを襲っていたのだから。

「……あんな、私の姿を真似てまでね。……確かに嫌われて当然のことをしたとは思っているけど」

あの時のレムは、見た目もそうだが、中身までも昔のフィアーそのものだった。

フィアーの中では黒歴史とも呼べる、思い出したくもない過去だ。

何も知らず、ただ力に溺れ暴れていた、かつての愚かな少女に瓜二つ。

「あの人を失って、レムが塞ぎ込んでいたのはよく覚えています。ですが、それから人格を失うまで壊れてしまっていたなんて……」

「アイツは何も知らなかったから。人がどれだけ脆弱《ぜいじゃく》なのか、契約がどれだけ負荷を掛けるのかを」

壊れる前の、明るかったレムが脳裏をよぎり、フィアーは一瞬ニノの姿を視界に収め、そして小さく息を吐いた。

かつて勇者と呼ばれた人物と、契約を交わしてまで共に生きることを選んだレム。

だが彼女は、精霊が人に力を貸すということがどんな結末を生むのか、理解していなかった。

戦争が終わり封印されていた間の出来事なので、実際にフィアーが見てきた訳ではない。

それでも大方《おおかた》の予想はついていた。ニノが腕と足を失ったのと同じだ。

レムの属性力に人の器が耐え切れず、勇者は光の力に取り込まれて消滅したのである。

二人の仲を知っているからこそ、レムがどれほどの悲しみを背負ってしまったのかを、フィアーは容易に想像できた。

「まさかアイツの遺《のこ》した技術が、今の時代にも遺されているだなんて……本当、人って馬鹿なのね」

たった一度の契約が、伝説として受け継がれ、今もなお精霊術師の技術として広がり続けているのだ。

人は時に、自らの命を代償にしてまで何かを成し遂げようとする。

永劫《えいごう》の時を生きる精霊には到底理解できない思想だった。

「……それをよく知る貴方が、何故ニノと契約を結んだのですか？　レムと同じ過ちを犯すつもりですか！」

ノートは静かな口調ながら、怒りを滲《にじ》ませてフィアーに問い詰める。

力を貸すだけなら契約を結ばなくとも、ニノとノートのように、心と心を通わせる〝同調〟だけで十分だ。

精霊術師はなるべく身体に負荷が掛からないように、精霊の力を抑えている。

だが平均的な寿命はかなり短い。三十まで生きれば御《おん》の字《じ》だ。

それが同調ではなく契約ともなれば、更に相手に負担を強いることになる。

「まぁもって五年、二十まで生きられるかどうかってところかしら。契約の負担がどれだけあるのかは私もよく知らないけど」

「……ッ！　どうして……彼を苦しめるようなことを……!!」

精霊との契約は、リスクの割に得られる物は少ない。

戦時中ならともかく今の平和な時代に、契約をしてまで並外れた力を得る必要が薄いのだ。

近いうちに確実に訪れる終焉《しゅうえん》と向き合いながら、真っ直ぐに生きられる人物なんてそうはいない。

そして精霊側にも、何一つメリットがない。だからこそこれまでは、勇者が最初で最後の契約者だった。

ただ自分の気に入った者の傍にいたい。自分の物だという証を刻みたい。

精霊にとって契約に意味があるとすれば、それだけだ。

その対価が人の寿命。あまりに釣り合いが取れていない。

「悪いけど、私が契約しなくても遅かれ早かれ、ニノは誰かと結んでいたわ。だって、私が見ていない間に雷の精霊を連れてきたのよ？　彼はもう三人の精霊と関わりを持っている。ここまで精霊と相性のいい人族なんていないわ」

毅然とした表情で、フィアーはノートを見つめ返した。

「彼は天性の才を持っているのよ、精霊使いとしてのね。……ノートが望まなくとも、そういう運命を背負っている。なら、できる限り傍にいたい、助けになりたいと思うのは至極当然の考えじゃない？」

フィアーは、かつて魔族陣営に与《くみ》していた故に、人族から命を狙われる日々を過ごした経験があった。

そのため、普段から自分の力を隠匿《いんとく》する技術が身に付いている。

フィリスが、精霊術師でありながらフィアーの正体に気付かなかったのには、理由があったのだ。

だが、ニノは一目でフィアーを精霊だと見抜いてみせた。

魔族の信仰によって生まれ、人族と戦う兵器として作り出され、数多の戦場に赴《おもむ》いた。そうして人から忌み嫌われる存在であったのに、彼はありのままの彼女を受け入れたのだ。

たとえ過去に何があっても、今の自分のことを大切に想ってくれている。

「……私は、ニノと最期まで一緒にいるの。もう、一人は……嫌なのよ」

「……フィアー」

そもそも闇精霊が人を嫌うのは、過去に追い回され、封印されたというだけではない。そういう性質として生み出されたからに過ぎない、という部分もあるのだ。

彼女は強がってみせるが、本当は寂しがり屋。古い付き合いのノートはそれを知っている。

一方で、生みの親である魔族は、あくまで闇精霊を人族と戦う技術の一部として見ていた。

そこには親情や愛情といった感情はない。畏怖や敬意はあるだろうが。

精霊術師が人族の中でのみ発展した技術なのは、人と精霊の間に確かな信頼があるからだ。

フィアーは宿敵として、レムと勇者の繋がりを見ていたが、同時にそこに強い憧れも抱いていたのだ。

フィアーはしばし無言になった後、咳払いを挟んで話を変える。

「……私のことはどうでもいいのよ。それよりもノートはどうしたいの？　ニノは貴方に会いた

がっていたわよ？　貴方のために色々とやってるみたいだし。一度くらい顔を合わせてあげなさいよ」

「……そ、そうですか。ニノが私のために……」

「くっ、そこで頬を赤らめないでよ！　腹が立つわね！」

困りましたね……と視線を逸らす少女。花の飾りを指で弄っている。

フィアーが記憶している限りでは、ノートはこんな飾り付けなどしていなかった。

何事もそつなくこなす癖に、自分の見た目には無頓着だったはず——まだフィアーが封印される前の話だ。

どうも色気づいているみたいで気に喰わない。

「私は、このまま彼に会うべきではないと思っています。本来はこうして触れることさえも……きっとこの子はまた、今日みたいな無茶をするでしょう。これ以上背負わせたくないから……」

「……後悔してるの？」

フィアーの問いに、ノートは小さく答える。

「私がこの子の道を決めてしまったようなものですから……」

精霊術師は自らの寿命を代償に、強大な力を手にする。

ニノは、ノートとの同調を機に冒険者という道を選んだ。そのことでノートはずっと悩んでいた。

本当は助けたい、もっと近くで見守りたい。

でも力を貸せば貸すほど、少年は命を削ることになる。まさに二律背反《にりつはいはん》である。

ニノの土属性の力が不安定なのは、そういった理由もあった。

「それでも——」

フィアーは納得したように頷きつつも、優しく励ますのではなく厳しい言葉を紡いだ。

「それでも、一度関わったのなら最後まで責任を持って見届けなさいよ。好きなんでしょ？　貴方のために頑張っているのに、これじゃ報われないじゃない。私は……逃げるなんて絶対に許さないわよ？」

「……貴方は、本当に変わったのですね」

ノートは、眩い太陽を見るかのように目を細めた。

「な、何よ。何がおかしいのよ⁉」

「いえ、とてもいい顔をしていたから。今の貴方は素敵ですよ？　まるで昔のレムを見ているよう」

「ッ⁉」

その瞬間、自分がどれほど似合わない台詞を吐いていたのかに気付き、フィアーは焦った。

「……そ、それに、もしニノが死ぬようなことがあれば私がどんな手を使ってでも連れ戻してあげるわよ。冥界《めいかい》の王を殺してでもね。アンデッドとして永遠に傍に置いておくのもいいかもね」

何とか闇精霊らしさを出せたかと、フィアーは満足げな表情をする。

まったく誤魔化せてはいないのだが、ノートは特に追及しなかった。代わりに腰に手を当て、悪戯《いたずら》っ子に注意するようにフィアーを叱る。

「駄目です。彼の尊厳を傷付けるようなことは私が許しません！」

「ふーん。それじゃその時は、お互い納得するまで殺《や》り合う？」

「ええ、それで満足するのであれば構いません」

奇妙な約束を交わし、二人は落ち着いた。

結局のところ、どちらも少年のためを想っての行動なのだ。本気で敵対する理由はなかった。

「とにかく、一緒にいられる時間は残り少ないのよ？　いい加減素直になりなさいよ」

「そうですね……考えておきます。だから、もう少しだけ待って……。気持ちの整理がついてから……」

「そこですぐに頷けないところが臆病者だっていうのよ。それにノートが来てくれないと、まともな食事にありつけないんだから！」

「私を都合のいい女みたいにして……。それではフィアーは、好きな男の子のために努力はしないのですか？　……逃げるのですね」

「くっ……!!　コイツ……！　今ここで決着をつけてもいいのよ!?」

フィアーが悔しそうに拳を握り、行き場のない憤りを感じていると、その背後で扉が開いた。

帽子を握ったトルが、目を擦りながら歩いてくる。どうやらまたニノの部屋に忍び込んできたらしい。

「フィア……？　誰と……話してる？」

「見なさいトル。臆病者の土臭い女がニノを取りに来たのよ」

「……え？」

トルは目を見開くとノートの姿を捉える。

新しく生まれた仲間に、ノートは小さく手を振って応えていた。

「トル、貴方とは初めてお会いしますね。私は――」

「駄目！　いや……だ。連れて……いかないで。やだ……やだ……」

トルは涙声でノートの腕にしがみつく。幼子のように、いやいやと首を振る。

つい先程、目の前で大切な人を失いかけただけに、その必死さは痛々しいものがあった。

ノートは溜め息をついてフィアーを睨む。それからトルを落ち着かせようと目線を合わせた。

「驚かせてごめんなさい。貴方からニノを取り上げるつもりはないの。心配で、ただ様子を見に来ただけですから……安心してくださいね」

「……本当？」

「トル、油断したら駄目よ？　そう言っていずれは私たちから奪い取るつもりなのよ」

「……!!」

「もう！　そんな考えはありません！」

トルの頭を優しく撫でてから、ノートは部屋の窓を開ける。

これ以上騒げばニノが目を覚ますだろう。戦いで疲弊した彼の眠りを妨げるつもりはなかった。

「……そうやって意地悪なところは、昔と変わらないですね」

「私は捻くれ者だから。まぁ、こんな私でも、受け入れてくれる馬鹿がここには多いけど」

「……ふふ、それは……よかったですね」

窓の縁《ふち》を掴み外に飛び出す直前で、ノートが振り返った。

「そういえば、大切な話を伝え忘れていました。フィアーはウィズリィを覚えていますか？」

「……最年長だからか知らないけど、昔からうざったいくらい説教を聞かされたからよく覚えているわ。アイツがどうかしたの？　また私に何か文句でも？」

「知らなかったのですね。――ウィズリィは転生しました。今はここから遠く離れた泉で器を再形成しています」

「……へぇ、なるほどね。道理でおかしいと思ったわ。あんなに規律にうるさい精霊が、フィリスとかいう訳のわからない人族に力を貸すだなんて、おかしくなったのかと。それが転生したのであれば納得だわ」

永劫の時を生きる精霊であっても逃れられないもの、それが精神の死だ。

肉体は滅びずとも、精神はいずれ朽ち果て、レムのような状況に陥ってしまう。

それを未然に防ぐために、長く生き過ぎた精霊は転生と呼ばれる儀式を行う。

ある程度の力と、最低限の記憶を保持した状態で魂を洗い流し、また一から生まれ直すのだ。

新しい精霊として誕生したばかりのトルとは違い、力の一部は受け継がれるので魔物に襲われる心配はない。

ただ反面、最初から強大な魔力を持つので、転生直後の幼い精神では力の制御が難しくなる。

「どうもあの子のことが気掛かりで……。近いうちに彼女には会うつもりです。最悪の場合……貴方の力を借りることになるかもしれません」

水属性は、人の暮らしに密接に関わる分、集まる信仰も桁違いに厚い。

単純な力だけでいえば、光の精霊の次に優れた能力を持っている。

それだけに、もし何かイレギュラーが起きて暴走してしまうと、途方もない厄災に繋がる。

過去数千年の間には、実際に精霊の暴走によって滅びた国がいくつも存在する。

精霊の暴走を止められるのは、同じ精霊に他ならない。

「それこそ私に頼まず、ニノに頼めばいいじゃない。彼なら喜んで協力してくれるわよ?」

「――それができないとわかっている癖に、本当に意地悪なんですから」

寂しそうな笑みを残して、闖入者《ちんにゅうしゃ》が窓から去っていく。

トルが思わず追いかけていき、外を覗き込むも、丘の上から一望できる穏やかな海が広がるだけだった。

「トル、もうアイツは今日は戻ってこないわよ。安心しなさい」

「うん。おや……すみ」

「……貴方の部屋はここじゃないでしょ？」

「うぅ……」

ニノのベッドに潜り込もうとするトル。その首根っこを掴み、フィアーは自分の部屋へ戻った。

「どうせこれからも夜な夜な覗きに来るでしょうけどね……」

ニノがレイドとミスティと戦っていた時も、ノートは隠れて覗いていた——戦いに夢中で本人は気付いていなかったらしいが。

フィアーはあの時、その様子を後ろから眺めていたのだった。

きっとこれまでも、どこかに潜んで遠くからニノを見守っていたに違いない。

もう尋常《じんじょう》じゃないほどに、ノートはニノに依存していた。

そこには危うさも感じる——昔のレムに近い類《たぐい》の。いずれノートも、彼女と同じ道を辿りかねない。

ノートは精霊の中でもかなりの古株だ。そう遠くないうちに、ウィズリィと同じく転生も控えている。

だがきっと、その前に彼女はニノとの思い出を残そうとするだろう。

気持ちはわからなくもないが、それは悲しい結末しか生まないのではないか。

「何で私がアイツの心配をしなきゃいけないのよ……はぁ、もう寝よ」

どうしようもないほどムカムカした気分になりながら、フィアーは眠りについた。

◆

雨粒が窓を叩いている。

陽の光を遮る灰色の雲が空を覆い、湿っぽい空気が部屋に充満している。

それを僕はベッドの上から眺めていた。憂鬱な昼の時間がダラダラと流れていく。

「雨、止まないね。もう一週間は降り続いているよ。ここまで雨が続くのも珍しいんだって」

「ふーん、それは面倒ね」

「……前もそうだったけど、こうも天気が悪いと気分も落ち込むよね」

「ええ、そうね」

隣に座ったまま、気のない返事を繰り返すフィアー。

僕はこっそり立ち上がろうとして、彼女に人差し指で止められる。

「その身体でどこに行くつもり？　用件があるなら私に頼みなさい」

「少しだけ外の空気を吸いに、すぐに戻ってくるよ？　駄目？」

「はぁ……駄目に決まっているでしょ？　私が何のためにここにいると思っているの？」

「監視のため」

「大正解」

そうして再びベッドに戻されてしまう。そのまま寝そべって、僕はぼやいた。

「あれからもう二ヶ月も経つのか。これは復帰しても当分は満足に動けないだろうなぁ……」

光の精霊との戦いで左腕と右足を失った僕は、全ての活動を休止していた。

もちろん今の状態で戦力になるとは思っていない。ギルドの方でも静養中として扱われている。

向こうも事情は十分に把握しているので、すぐに除名になるとかそういう状況ではない。

それでも焦燥感はある。

屋敷で過ごした二ヶ月の間に、多くの人から励ましの声を貰った。

上級冒険者の先輩に実力を認めて貰って、いずれ訓練に付き合ってくれると約束してもらえた。

冒険者としてやりたい事がたくさん増えて、期待されて、だけど身体が追い付かない。

それが時々、とても苦しく感じる。

きっとこれは――レイドが味わった苦しみと同じなんだろう。

冒険者が辿る結末は、大抵、悲惨なものばかりだ。華々しく引退できる人なんてごく僅か。

こうして酷い怪我をするのもそうだし、深い闇に囚われて過ちを犯してしまうことだってある。

だからこそ、僕はそこに引っ張られてはいけない。教訓にしないといけない。

後に続く者として、誰かが犯した過ちを無駄にしたら駄目なんだ。

「……最近までずっと働き詰めだったから、何だか落ち着かないよ」

「その台詞はここ二ヶ月で何度も聞いたわ。可哀想だけど、その身体で外に出るのは無理ね」

「じゃあ一時的にゴーレムの身体を借りれば……！」

「それも何度も聞いたし答えは同じ。魔力を無駄にしないの！　大人しく寝ていなさい！」

「はぐっ！」

お腹に軽い衝撃。僕の上にフィアーが覆い被さっていた。

空気を吸う程度の外出も許さないって、ちょっと過保護過ぎやしないだろうか。

「そういえばフィリス、今日も中級依頼《クエスト》だから帰りが遅くなるかもだって」

「らしいわね、特に興味ないけど。……一体何が楽しくてわざわざ面倒事を引き受けているのかしら？」

「中級になったら報酬も増えるんだ。早く僕も試験を受けたいよ、お金はある分には困らないから」

僕とフィリスはこれまでの実績が認められ、ギルドの推薦で中級試験を受ける資格を得ていた。

一足先にフィリスが合格して中級冒険者として活動している。最初は後輩だなんて言っていたけど、すっかり先を越されてしまった。

もちろんランクが上がることで依頼の達成難易度も高くなり、必然的に屋敷を留守にする機会も増える。

二日三日空けることも珍しくなかった。一人いないだけで、広い屋敷がとても静かになる。

いや——今は二人いないのか。

実はトルも、朝に出掛けたきり戻ってきていない。

外で友人でも作ったのか、最近は顔を合わせる頻度も少し減っていた。

今日の朝食はフィアーの手作りだったから、確かに逃げたくなる気持ちはわからなくもないけど。

元々僕が勝手に連れてきたようなものなので、本人がやりたいことをやってくれるのが一番だ。

ちょっと寂しいけど……本当は凄く寂しいけど。僕は彼女を応援したい。

「まったく……トルもせめて一口食べてから出て行きなさいよね。空腹で倒れても知らないから」

「フィアーは、トルが何をやっているのか知っているの？」

「知っているけど聞かれても答えないわよ？　トルが自分の口で語るまでは待ちなさい。……その前にあのうるさい人族が、口を滑らせないか不安だけど。——物理的に塞いでおくべきかしら？」

フィアーはまた何やら不穏なことを呟いていた。

「それじゃ、聞かされていないのは僕だけなのか……」

屋敷の中で、僕一人だけが取り残されているかのようだ。

「安心しなさい、トルが何かする時は決まってニノのためだから。あの子も、自分のすべきことが何なのか、模索している最中なのよ。……良くも悪くも、それだけレムとの戦いが大きな影響を与えたのね」

「……そうだね。傷は、目に見えるものだけが全てじゃないよね」

光の精霊との戦いは、公《おおやけ》にされることはなかった。

精霊様を信仰する国は数多く存在する。それらへの影響を考えたら、真実を公表することは必ずしも正しい選択とは言えない。

あの日起きたことは、別の事件、別の災害に置き換えられて、歴史の隅に追いやられていく。もしかしたらこの先ずっと、表沙汰《おもてざた》にならないかもしれない。

それでも、当事者たちに刻まれた傷は、はっきりと残り続ける。

それは目に見えるものだけじゃなく、心の傷だってそうだ。

僕にできるのは信じて待つことくらいで、それはいつだって歯痒《はがゆ》い。

「誰だって、努力している姿を、成長途中を見られるのは小恥ずかしいものでしょ？　それが自分の大切な人だったら尚更よ。……大丈夫、あの子は泣き虫だけど強い子よ。それは私が保証するわ」

フィアーは妹を見守る姉のような、そんな面持《おもも》ちで語った。

そう言う彼女自身だって、出会ったばかりの頃を思い返すと、だいぶ成長したように思う。

最初は僕以外には敵意剥き出しだったのに。今はこうして他人を思いやる、優しいお姉ちゃんとしての側面を持っている。

「フィアーも最近頑張ってるよね。朝食、気を失う前に完食できたの初めてだったよ」

僕が身体を起こしてそう言うと、フィアーはムッとしつつも答える。

「……馬鹿にされている気がするけど、褒め言葉として受け取っておくわ」

フィアーはこのところ料理の勉強に励んでいた。

ノート様が夜中に忍び込んでいたのは、後日トルから聞いたんだけど、もしかしてその時に何か話して、闘争心に火がついたんだろうか？　フィアーは結構負けず嫌いなところがあるし。

「みんな頑張っているのに、僕はこうして寝ているだけ……退屈で死にそうだ」

「私は今のこの時間が好きよ？　邪魔者もいないし、存分にニノを堪能できるし」

他に誰もいないのをいいことに、フィアーが毛布の中に潜り込んできた。

トルが忍び込むと怒る癖に、フィアーは自分に対して甘い。

僕の胸元に頬を寄せて、ゴロゴロとじゃれついてくる。

「ニノは温かいわね。お日様の匂いがする。とても落ち着くわ」

そう言って、フィアーは僕をベッドに再び押し倒す。

抵抗しようにも片腕だけでは力不足だ。自分より一回り小さな少女に好き放題されてしまう。

「下にいる僕は落ち着けないけど……？」

「嘘よ、貴方は今も冷静じゃない。心臓の音だって、ほらっ正常だし」

「そりゃ毎日のことだから、多少は慣れたしね……いや、慣れたら駄目な気がするけど！」

「何がいけないの？　ほら、私を捕まえて。片腕があるでしょ？」

フィアーは僕の右腕を動かしすっぽりと懐に収まる。

二人っきりになる機会が増えるに従って、彼女はこうして甘えん坊な姿も見せてくれるようになった。

ただその勢いが強過ぎて若干戸惑う。これもノート様に影響を受けたのかな……。

「……フィアー暑いよ。雨でジメジメしているのにくっついてたら余計に汗が……」

「邪魔なら押《お》し退《の》けたら？　私は力を入れていないのよ、両手を使えば簡単に退《ど》かせるじゃない？」

「酷い、押し退ける腕がないのをわかって言ってるよね？　ちょ、ちょっと……くすぐったい！」

「汗をかいたら私が拭いてあげるわよ。抵抗しても無駄よ？　だってニノには逃げる足がないものね」

「く、屈辱だ……！　――や、やめ、誰か、ノート様助けて……！」

どこか嗜虐的《しぎゃくてき》な一面も持ち合わせる闇の少女は、動けない僕を思う存分弄り倒してくる。

「あはっ、楽しい！　このまま時間が止まればいいのに！　そうしたら永遠に可愛がってあげるのに！」

「……や……め……！」

この日はトルが帰って来るまでフィアーの悪戯が続いた。

第十二話　贈り物

「よいしょ、慎重に、慎重に……起こさないように……！」

翌日の早朝、僕はベッドから起き上がると片足を床の上に下ろす。

すぐ隣にはフィアーとトルが、仲良く同じ毛布の中で寝息を立てている。

昨日は、帰ってきたトルがフィアーの悪戯を止めようとして散々喧嘩していたから、二人とも疲れているのか起きる気配はなさそうだ。

「さすがにもう我慢の限界」

身体を動かしたい。外の新鮮な空気が吸いたい。怒られるとしても覚悟の上だ。

土属性の魔力を解放して、失った腕と足にゴーレムのものをあてがった。

立ち上がると身体が少し傾く。足の長さが合っていないらしい。それでも歩けるだけマシだろう。

扉を開けて階段を下りる。ゴーレムの重みで床が軋むので、ここでもゆっくりと慎重に。

一階にはフィリスの部屋があるけど、昨日から依頼に出ていてまだ不在のはず。

つまり、階段さえ下り切ればもう大丈夫だ。早足で玄関に向かうと――

「――あれ？　ニノ君？　もしかして出迎えにきてくれたのかな？」

「あっ……お、おかえり」

ちょうど仕事から帰ってきたフィリスと鉢合わせてしまった。

気まずくなって視線を逸らす。ゴーレムの腕と足を見られては、言い訳のしようがない。

すると彼女は苦笑して、僕の手をそっと握った。

「……少しだけ散歩しよっか？」


二人でポートセルトの街を歩く。

早朝からでも港の復興作業があるのか、多くの人たちとすれ違った。

中にはあの日の戦いに参加した冒険者たちもいて、何度か声をかけられたり、励まされたりした。

フィリスもそれに笑顔で応えていたけど、時々、思い出したかのように、沈んだ表情を見せる。

僕たちは互いに無言のまま、まだ星も見える朝焼けの情景を眺めて歩いていた。

そういえばあの戦いの後、ゆっくりと話をする機会もなかったなと気付く。

きっとフィリスもそれを感じていて、だから外に連れ出してくれたのかもしれない。

やがて市場の近くの大きな橋に行き着き、二人して欄干に寄り掛かる。

「……ニノ君。また、大きくなったね？」

この街で、最初に彼女と再会した時に聞いたのと、同じような台詞。

「男の子って、普段は子供っぽいのに、急に大人びたりするんだもん。たまにニノ君が遠くに感じることがあるよ……昔はそうじゃなかったのになぁ」

ただただ寂しそうにしてフィリスは呟く。

取り立てて意識したことはないけど、フィリスの目には僕はそう映っているのか。

「……そうかな？　多分、ゴーレムの足のせいだと思うけど。ほら、片足が浮いちゃってるし。……でも、大人っぽく見えるのは嬉しいかな、僕って身長低いから、案外こっちの方がカッコよく見えたり……」

僕はくだらない冗談を言って、笑わせるつもりだった。

いつものフィリスなら、すぐに乗ってくれるはずだったんだけど。

「……ごめん……ね」

彼女はそうやって、ただ一言謝るだけだった。

胸が苦しくなる。失った腕と足も、感じるはずのない痛みを生み出す。

誰かが悪い訳じゃない。誰かに責任を押し付けたい訳でもない。

そして何より、僕はそんな悲しい顔が見たくて、身体の一部を犠牲にしたんじゃないんだと伝えたかった。

「……後悔はしていないよ」

「ニノ君……？」

「僕だって男だから、時に命を賭《と》してでも守りたいものがある。失いたくないものがあるんだ。腕一つ、足一つで守れるなら本望だよ。それに、こうして生きている限り、いくらでもやり直しは利くからね」

僕が守りたかったのは、これからも続いていく日常だ。

それは誰が欠けても成り立たない。あるいは誰かが泣いていても崩れ去ってしまう、砂の塔のようなもの。

フィアーと出会い、フィリスと再会して、そこにトルも加わって。みんなと暮らしていく中で、その塔の大切さを意識することが増えてきたように思う。

これは以前の僕だったら考えられないことだった——フィアーと出会う前の僕なら、きっとどこかで諦めていただろう。

僕は片手でフィリスの頬を優しくつまむ。フィリスは涙目で訴えてくる。

「ニノぐんいだい」

「……僕の幼馴染は、笑顔がとても似合う子なんだ。どんな時も、一緒に居ると元気になれる。周りに笑顔を振り撒いてくれる。そんなカッコよくて、素敵で、僕の尊敬する女の子なんだ」

今も昔も、僕がフィリスに抱いている印象は変わらない。

それでもフィリスは首を横に振る。雨のように頬を涙で濡らしていた。

「……そんなの、無理だよ。今のニノ君を見ると、絶対に意識しちゃう。どれだけ痛かったんだろう、どんなにつらい想いをしたんだろうって。ニノ君はどんな時も気丈《きじょう》に振る舞うから、絶対に弱音は吐かないけど。だからこそ……しんどいよ……つらいよ……」

フィリスはきっと、僕の代わりに泣いてくれているんだと思った。

僕はそういう感情が少し、欠落しているというか、もう覚悟を固めているから。

冒険者は常に死と隣り合わせだし、いつか誰かを不幸にする。自分のために涙を流す資格なんてない。

「僕は無力だから、誰かの命は守れても、心までは救える自信がない。それができるのって、きっとごく少数で、フィリスにならできるんだ。僕も昔——救ってもらったから」

「それは……」

まだ幼かった頃、僕は一度フィリスに救われている。

何のきっかけだったか、心が荒んで家に閉じ籠《とこも》っていた時に、そこから連れ出してもらったんだ。

今ではどうしてそうなっていたのか思い出せないくらい、満たされて元気になったけど。

「トルも、それにフィアーも、口では言わないけど僕のことを気遣ってくれる。それは……ありがたいとは思っているけど、ずっとは続いて欲しくないんだ。我儘《わがまま》だけど、ありのままの日常に戻って欲しいんだ。いつもみたいにフィリスがみんなを活気づけて、元気にして欲しい。馬鹿をして、しょうがないなって、嫌なことを吹き飛ばせるくらい笑わせて欲しい……駄目かな？」

「何それ……勝手に期待されても困るよ……私だって……好きで馬鹿を演じてなんか……！」

「フィリス……ごめん」

こんな自分勝手な言い分、他の誰にも頼めない。

今、この世界で、僕のことを誰よりも理解してくれている彼女にしか言えないことだった。

「――でも、そうだね」

少しの沈黙の後、フィリスは一度空を見上げた。何度も目元を擦り、涙をぐっと堪える。

「私は、ニノ君よりお姉ちゃんだから。つらくても、悲しくても、頑張らないと。だって私にしかできないって、頼られているんだもん。しょうがないなぁって笑って返すんだ。……うん、私はまだ笑える」

そして僕の前で、ちょっとぎこちないけど、笑みを作ってくれた。

あぁ、やっぱり。フィリスは昔から強くて、カッコいいんだ。

「僕は不甲斐ない弟だね」

「本当にそう……だよ……！　私がいないと……駄目なんだから」

フィリスはそのまま僕の胸に顔を埋《うず》めてくる。

受け止めて、ゆっくりと腕を回す。辺りに人がいても関係ない。

「ごめんね、少しだけ……このままでいさせて。もう少ししたら、いつもの私に戻ると……思う」

「ありがとう、いつも頼りになるよ」

「ううぅ……ニノ君の……馬鹿ぁ……親不孝者……！」

「うん。僕は大馬鹿野郎だ」

僕は、僕を大事に想ってくれる幼馴染に、心から感謝する。

それからずっと、彼女が満足するまで、彼女が普段言えない愚痴《ぐち》を聞き続けていた。

◇

すっかり明るくなった街中を、僕たちは並んで歩き出す。

「……ニノ君、これからどうするの？　このまま屋敷に戻る？」

「それなんだけど、せっかくだから寄りたい場所があるんだ。付き合ってくれないかな？」

「いいよ、ここまできたらもう共犯関係だから。後で一緒にフィアーちゃんたちに怒られようね」

僕の着ている服は染み込んだ涙で皺《しわ》になっていて、フィリスの目も真っ赤だった。

冷静になって少し恥ずかしくなったのか、彼女は妙に控えめになっていた。

時々歩幅をずらして後ろに下がろうとするのを、僕が無理やり引っ張っていく。

「この仮の腕と足も、いつまで持つかわからないから、いざとなったら抱えていって欲しいな」

「……もう、しょうがないなぁ」

そうやって理由をつけながら、僕たちは一軒のお店に辿り着く。

「ここって、女性向けの装飾品のお店？　誰か贈りたい人がいるの？」

「うん、フィアーにね。冒険者殺しの一件で、ずっと屋敷に閉じ込めちゃってたから」

「あー、最近まで何かとトルちゃんばかりに構ってたしね」

着の身着のままだったトルとは違って、フィアーは最初から綺麗に着飾った格好だった。

欲しい物が特になさそうだったこともあり、彼女にはほとんど何もしてあげられていないのだ。

だから一つ、何か記念になるものを渡したい。フィアーだったら何でも似合いそうだけど。

店内は意外と質素で、棚に置かれた商品の数も少なかった。店員さんもお爺さんだけ。

ただ、一つ一つが素人目にもわかるくらい精巧に作られていて、職人の腕の良さが窺える。

その中で、僕はふと目に入った蝶の髪飾りを手に取る。

羽が黒と金で彩られていて高級感があるけど、かといって派手過ぎない。花のように可憐でいて、鋭い美しさも備えた、フィアーという女の子にとても合っていると思った。

「凄く綺麗だ……値段はそこそこするけど、手の届かない額でもないし」

「絶対似合うよ！　……ニノ君からの贈り物なら何でも喜びそうだけど！」

「まあ、ある意味それが一番困るところだけどね。……でも、こういうのって最初に手に取った物が一番いいんだ」

変に悩んで妥協してしまうぐらいなら、直感を信じた方がいい結果になる気がする。

「じゃあそれに決定！　私が半分負担するよ。ニノ君、今のところ稼ぎがゼロだもんね？」

「そう言われると情けない気持ちになるけど……正直助かるよ。二人からの贈り物ってことにしよう」

フィリスからお金を預かって、商品をカウンターに持っていく。

「…………はわぁ」

会計中、後ろでフィリスがぼんやりと一つの指輪を眺めているのに気付いた。

ちらりと目をやる。別の人の作品なんだろうか、周りのものと比べると、若干粗い作りに見える。

木製の指輪だ。至ってシンプルだけど、確かに心を籠《こ》めて作られているようだった。

もちろんここにある全ての商品には心が籠っているけど、その熟練の技とはまた別種のもの。粗くても、若々しくて希望に満ちた感じだ。フィリスが見惚《みと》れる理由も何となくわかる。

髪飾りがフィアーなら、指輪はまさしく僕たち若人《わこうど》を表す作品なんだ。

「——フィリス、先に外に出ててくれない？」

「え、どうして？」

「ほら、あそこにフィアーがいる。時間を稼いで欲しいんだ。せっかくだし、驚かせたいからね」

僕が指差す先には、店の前の通りで必死に誰かを捜す少女の姿があった。

「あらら、もう起きちゃったみたいだね。わかったよ。先に行って怒られてくる！」

そう言ってフィリスが外に出たのを確認してから、僕は指輪をこっそりカウンターに持っていく。

「これも追加でお願いします」

「どうしてニノを外に連れ出しているのよ!!　まさか本当にノートが連れ去ったのかと思って、心配したんだから‼」

「ごめんね。でも誰だって気分転換は必要だと、お姉ちゃんは思うんだ」

「それなら私にも声をかけなさいよ‼　どうしてお前だけ……不公平よ‼」

外に出るとフィリスの前でフィアーが暴れていた。隣には帽子を握ったトルの姿も。

二人には心配をかけてしまった。僕は手にした贈り物を背中に隠しながら近付く。

「あっ、ニノ……ニノ‼　よかった……！」

先に気が付いたトルが胸にしがみついてくる。

乾いた服が再び濡れて、今日だけで伸び切ってしまった。

「……どこにも行かないで……！　いなくなって、怖かった……！」

「ごめん、ただ散歩していただけなんだ。もう黙って外に出たりしないから、だから泣かないで？」

そう伝えるが、トルは黙って僕の腰に手を回した。うん、信用されていない。

「トルは一人で泣き出すし、私だって困ってたんだから。まぁ、散歩とかそんなところだろうと、思ってはいたけど」

フィアーは平然とした態度だったけれど、その綺麗な長髪も服も乱れていた。

さっき自分で心配していたと言ってたのに、僕の前では強がりたいのか、意地っ張りだ。

「ねえフィアー、少しだけ目を瞑っていてくれない？」

「……何よ、その間に逃げるつもり？」

「いやいや、謝っているんだし、そんな疑わなくても……すぐに済むからさ」

「もう、わかったわよ……！　悪戯はしないでよね？」

フィアーは両目を瞑る。奇《く》しくも、僕たちが契約した時と逆の立場だ。

「それから手をこっちに差し伸べて」

「……注文が多いわね」

文句を零すフィアーの手のひらに、そっと髪飾りを載せる。

感触に驚いたのか、僕が許可を出す前に瞼《まぶた》が開かれ、黒い瞳が大きくなる。

「これは──蝶の髪飾り？」

「フィアーへの贈り物。出会ってから今日まで、色々あったけど……とても充実しているし、感謝しているんだ。だからそのお礼も込めて、受け取って欲しい──これからもよろしく、ってね！」

これからも、僕は彼女たちと生きていきたい。そう強く願いながら、真っ直ぐに素直な気持ちをぶつける。

「そんなの……私は、一緒にいられたら……それで満足で、こ、こんなので喜ぶような私じゃ……！」

フィアーはさっそく、髪飾りを左側の髪につけようとする。

でも手が震えていて上手くいかない。

見かねたフィリスが手伝って、ようやく、目の前にしおらしい女の子が現れる。

「はい、これでよし。よかったね、とっても似合ってるよ！」

「うん、想像以上だよ。やっぱり元がいいから、磨くと更に際立つね」

フィリスと僕で褒めると、フィアーは誤魔化すように腕を組んでそっぽを向いた。

「ニノ、一応感謝しておくわ。贈り物に免じて、黙って出ていったことも、ゆ、許してあげる！」

「本当は嬉しい癖に、フィアーちゃんって素直じゃないよね？」

「うるさいうるさい!! お前は本当にいちいち鬱陶しいわね!!」

「フィアー、実はその髪飾り、フィリスからの贈り物でもあるんだ。だからお礼は彼女にも言ってあげて」

僕が事の経緯を伝えると、それを聞いたフィアーが固まる。

何度も僕とフィリスの顔を見比べて、俯いて、全身を震わせながら、言葉を絞り出す。

「へ、へぇ……そ、そうなの。それは、ま、まぁ……その……あ、ありがと。……ふ、ふぃりす」

たどたどしいお礼だった。最後の方はもう消え入りそうな声。

でもそれが彼女にとって、最上位のものなのだと僕たちはよく理解している。

「か、可愛い……！ フィアーちゃん真っ赤だ！ 私の名前呼んでくれた!! ニノ君今の聞いた!?」

「あはは、よかったね。フィリス」

フィリスは天にも昇る心地らしく、その場で飛び跳ねる。

うるさい人族だのお前だの、ずっと碌《ろく》な呼び方をされていなかっただけに、その喜びようもひとしおだ。

だいぶ二人の仲は前進したんじゃないだろうか。思わず名前を口にしたフィアーは、かなり動揺しているけど。

「きぃぃ!!　今のなし！　今のなしにして！　一生の不覚よ!!　私の馬鹿！　いやあああああ！」

「残念。もう一生忘れないから、墓場まで持っていくから！　やった！　やったああああああああ！」

「それなら、今ここで埋めてやるうううううううう!!」

「あははは、追いかけっこなら負ける気がしないよ～！」

逃げるフィリスとそれを追うフィアー。泣いて、怒って、笑って。

僕一人では到底生み出せない空間。約束通り、フィリスは日常を連れ戻してくれていた。

「トル、ごめんね。今回は我慢してくれないかな？」

「ううん、トルには……これがあるから。宝物」

帽子を胸に抱きしめて、トルは僕を見上げる。

「大事にしてくれているんだね」

寄り添ってくるトルを抱き留めながら、ふと、ポケットの中にある小さな重みを思い出す。

木の指輪。そこに特別な意味なんてないのに、何だか小恥ずかしくて渡せなかった。

まぁでもいいか、そのうち、然《しか》るべき時が来たら渡そう。今はこの時間に浸っていたい。

「フィアーちゃん、こっちだよ～！」

「ま、待ちなさーい!!」

走り去っていくフィリスとフィアーを追いかけて、僕たちは帰路に就いた。

◇

ポートセルトの北部、黒い煙突の建物が並ぶ工業区。

ここは人通りが多く、その大半が中級以上の実力を持つ冒険者だった。

それ以外だと工房で働く鍛冶師の姿が多い。行商人ともたびたびすれ違う。

路肩では、新品の武具が馬車の荷台に積み込まれていた。これから他の街や国へと送り届けられるらしい。

名うての職人たちが集う一角。街一番と称される目的の鍛冶屋はもう目と鼻の先だった。

「ニノ君、あと少しで到着だよ。せっかくだし回り道でもする？」

「じょ、冗談じゃないよ……！　早く地面に降ろしてもらわないと、吐きそうだ……！」

全力疾走を続ける幼馴染。その動きに合わせて、背中におぶられている僕の身体が何度も跳ねる。

そのたび頭が揺れて気分が悪くなる。休憩を挟みつつ進んできたがこれだ。

男一人分の体重を抱えながら、平気で飛び跳ねるフィリスの背中は、乗り心地最悪だった。

片足で歩く方がまだマシに思える。せめて雷の翼《サンダーバード》が使えれば……。

「ほら我慢しなさいニノ。街中で魔法を使えば面倒事になるわよ？」

「……ニノ、頑張って」

「う、うん、が、頑張るよ……！」

二人の精霊様に励まされながら鍛冶屋オーミルの前に辿り着いた。

入口ではなく裏口に回ると、二人の男性が迎えてくれる。その片方は四本腕のあの人だ。

「やぁ君たち、久しぶりだね。元気にしていたかい？　ニノ君も相変わらず両手に花で羨ましい限りだよ」

「背中におぶわれて格好はつかないですけど……お久しぶりです」

「やっほーカーレンさん。今日はいいお天気ですね～」

僕とフィリスは偉大な先輩との再会に喜んだ。

対して後ろにいた二人は何とも微妙な反応を示している。

「……馴れ馴れしいわね、私たちに近付かないでくれる？」

「……うぅ」

カーレンさんが爽やかな笑顔で四本の腕を広げるも、フィアーが威嚇《いかく》しながらそれを拒否する。

トルも一緒になって怒った顔をしていた。

人嫌いもだいぶ改善されたフィアーだけど、僕の負傷の原因となった依頼を届けたカーレンさんを、かなり恨んでいるらしい。

「いやぁ、手痛い歓迎だなぁ。どうやら俺には精霊に好かれる才能はなかったか」

カーレンさんは頭を掻きながら、目で僕に助けを求めてきた。

僕としても仲を取り持ちたいけど、個人の好き嫌いまではどうしようもない。

フィアーはさっさと用件を済ませて帰りたいのか捲《まく》し立てる。

「ニノの新しい腕と足、用意はできているのでしょ？　さっさと出しなさい」

「相変わらず闇精霊ちゃんは気が早いな。一ヶ月ぶりに会ったんだ、まずはゆっくりお茶を飲みながら世間話の一つでも――」

「御託《ごたく》はいい、お前の話に興味はない」

低い声で切り捨てるフィアー。互いに殺気を放ちながら二人は睨み合っていた。

僕たちはそれを黙って見守る。下手に手を出せば噛まれてしまいそうだ。

「せっかく冒険者殺し《光の精霊》の討伐に貢献して、ギルド長から滞在の許しを授かったのに、ここで下手を打てば取り消しになるぞ？　最悪、今度は君を討伐する羽目になるんだが」

フィアーの処遇については、今のところ現状維持で落ち着いていた。

あの日、闇精霊であることを多くの冒険者たちの前で明かしてしまった訳だけど、一応味方として戦ってくれたことは事実だ。

下手に刺激して暴れられるより、懐いている僕に手綱《たづな》を持たせておき、監視した方がいいとギルドは判断したらしい。

余計な騒ぎが広がらぬよう、街のギルド長からは直々に箝口令《かんこうれい》も敷かれている。

つまりフィアーが何か問題を起こせば、契約者である僕の責任になる。

ここは堪えて何とか穏便に済ませて欲しい。

「人族風情が私に敵うはずないでしょ？　錯乱した光の精霊を相手に、苦戦していた雑魚の癖に」

「そうやって己の力を過信して油断していたから、三百年前に勇者に封印されたんじゃないのかい？」

「はぁ？　何なら試してみる？　今すぐ息の根を止めてあげるわよ！」

売り言葉に買い言葉だ。魔力を放出し威嚇し合う二人。

一触即発の空気の中、ここで頼りになるはずのフィリスは黙って楽しそうに観戦していた。

誰かと言い争っている時のフィアーは、どこか生き生きしているのでその気持ちはわかる。

でも、このままだといつまで経っても本題に進まない。

そろそろいい加減僕が止めるべきだろうか。

口を挟もうとしたところで、二人の間に飛び込む小柄な人影があった。

「これカーレン!!　精霊様を怒らせるでない！　お前は人族代表で恥を晒しに来たのか!?」

僕たちを迎えてくれた、もう一人の男性だ。

白い無精髭《ぶしょうひげ》を生やしていて、精霊様よりも更に一回り小さく、それでいて筋肉質な身体。

この街でも工業区ではよく見かける土妖精族《ドワーフ》——その長である、ウォグさんだ。

すでに何度か顔合わせをしているので、僕たちも簡単に挨拶をする。

「いやはや礼儀を知らぬ若造が申し訳ない。この爺《おきな》が代わりに頭を下げますので、どうかお怒りを鎮めていただけないでしょうか。こやつは《八剣神》の末席に名を連ねておりますが、何ぶん精神の方はまだまだ未熟でして……何卒……！」

丁寧に頭と膝をつき謝罪するウォグさん。ばつが悪そうにカーレンさんは視線を逸らす。

「別に……人の言うことなんて気にしてないし」

土妖精族《ドワーフ》に対しては特に嫌悪感はないらしく、フィアーも拳を下ろしてそっぽを向いた。

「俺は爺さんほど熱心な信者じゃないんでな。まっ、命は惜しいしさっさと用件を済ますか」

「まったく、これだからお前は青二才なんじゃ。我々より上位の存在には、常に敬意を払わんか」

「あー怖い怖い、だが俺は自分の腕以外は信用していないんでね」

言い争いながら建物に入っていく二人。僕たちもそれに続いた。


用意されていた席に座ると、奥の工房から金属を叩く音と熱気が届いてくる。

土妖精《ドワーフ》たちが熱心に武具の調整を行っていた。見たことがない装飾品もたくさん並んでいる。

その中からウォグさんが、大事そうに箱を運んできた。床に置かれた箱から出てきたのは——義肢だった。

「サイズの方は事前に測ったもので合わせてある、違和感があれば遠慮なく言っておくれ」

ウォグさんはそう言いながら、パーツを僕の欠損した腕と足に一つずつ取り付けていく。

小さな針に刺される刺激と共に、神経が繋がれていく感覚があった。関節部に熱が生じる。

試しに指を動かしてみると、本物同然に綺麗に折りたたまれた。

面白いように思った通りに動く。まるで一から共に生を歩んできた相棒みたいだ。

「どうだいニノ君。俺がここ二ヶ月の間で世界中から探し集めてきた最高の素材を使い、最高の技師が仕上げた傑作だ！」

「す、凄いですよ……違和感がなさ過ぎて怖いくらいです」

「この剣を握ってみな、よっと」

光を反射して輝く銀腕は、カーレンさんが放り投げた短剣を簡単に受け止めた。

剣なんてほとんど握ったことがないのに、まるでそうするのが当たり前のように、得物を自在に踊らせることができる。

「わっ、手が勝手に動く⁉ どうなっているんですか⁉」

僕の驚く姿を見て、ウォグさんは満足気に頷いていた。

「その腕には引退した上級冒険者の技術《記憶》が封じ込められていてのう。君が命じればいくつかの技を繰り出せるように、調整してあるのじゃよ。土妖精族《ドワーフ》に伝わる秘術じゃな。所詮模倣《もほう》じゃから、上位の実力者には通用せんだろうが、それでも役に立つと思うぞ。もちろん義足も同様じゃ」

「そういえば昔から土妖精《ドワーフ》って無茶苦茶な道具を生み出すのよね……敵に回すと厄介だったわ」

「ニノ君いいなぁ……私、不器用だし剣なんて使えないんだよね」

感心した様子のフィアーと、羨ましげにペタペタと義手に触るフィリス。

精霊術師は基本的に武器を扱う人が少ない。それは、精霊魔法で戦えるということもあるが、単純に訓練する時間が足りないからだ。

熟練の技を簡単に引き継いでしまったんだけど、本当に良かったのだろうか。

「優秀な子に託されて、引退したアイツも喜んでいるだろうさ。ニノ君は気にせず使えばいい」

僕の表情から気持ちを察したのか、カーレンさんはそう言って肩を叩いてくれる。知り合いの記憶なのかもしれない。

ここまで言われては、受け入れない方が失礼だ。ありがたく使わせてもらおう。

「これ、もう一つ頼めたりしないのかな？　私も専用の腕が欲しいかも」

ずっと義手を眺めていたフィリスは、ウォグさんに相談していた。

僕の義肢は、カーレンさんとギルド本部からのご厚意で贈られた物だ。そのため金銭的な負担はなく、これにどれだけの費用がかかっているのか、実は知らなかったりする。

「そうだな……素材として使われている大量の貴金属に加えて、上級冒険者の記憶、ウォグ爺さんの賃金も加味したら、君たちが住んでいる屋敷の二十軒分は下らないんじゃないかな？」

「――へ？　えええええええええ!?」

衝撃的な値段が飛び出し、フィリスは驚いて義手から離れた。

僕も震えが止まらなくなる。信じられない金額がこの義手義足に動いている。

「メンテナンスくらいは無償にしておくが、故障したらさすがに修理費は負担してもらわないとのう」

「に、ニノ君……？　た、大切に使おうね……？」

「う、うん……。命に代えてでも壊さないようにするよ……！」

「そこは命の方を大事にしなさいよ」

お金に無頓着なフィアーは呆れていた。

でも生身の身体より価値のあるパーツだしなぁ。

「……あれ、この穴《スロット》は何ですか？　何か部品を入れるのかな？」

「おぉ忘れるところじゃった。そこは魔光石を入れる穴でな、大抵の武具には取り付けられているものなんじゃ。魔力の扱いに不慣れな者でも属性付与が容易になる優れ物じゃぞ」

さっきカーレンさんから受け取った短剣にも、確かに穴があった。

今まで武器に触れる機会自体が少なかったから知らなかった。魔光石にそんな使い道があったのか。

「ちなみにまだどちらにもセットしていないが、ニノ君、属性はどうする？　お勧めは風属性かな」

「えーっとそうですね、それじゃ――」

「当然、闇よ」

「……雷」

「土は駄目ですよね……？」

精霊様二人と僕の返事は同時だった。

「それでは腕を闇属性、足は雷属性で決まりじゃな。精霊様方、少しお力をお借りしてもよろしいですかな？」

「いいわよ。存分に使いなさい」

「……うん」

フィアーとトルはウォグさんと共に奥の工房に向かっていく。

土妖精《ドワーフ》は人族以上に精霊信仰の厚い種族だ。僕の意見が通される訳ないか。

まぁ僕も特にこれと決め込んでいた訳ではないので、契約した属性で固めるのも悪くないと思う。

「ニノ君は本当に精霊に愛されているんだな。俺もこれまで様々な人物と出会ってきたが、君のような特異な才能の持ち主は初めてだよ。何か精霊を寄せつける匂いでもあるのかな？」

「別段、意識したことはないですけど、そういう巡り合わせなんですかね？」

「……実は、貴金属を探す際に情報提供をしてくれた精霊がいてな。おかげさまで、半年は掛かる見込みだった作業がたった二ヶ月で済んだんだ。――それが誰なのか、言わなくても君ならわかるだろう？」

「そうですか……本当に感謝してもしきれないです」

既に命という、かけがえのないものを拾ってもらっているのに。

これ以上、僕は一体何をノート様にお返しすればいいんだろうか。

何も思い浮かばない。ただ、ひたすらに、彼女に対する想いが強まるばかりだった。

「……いつかみなさんにお返しをしないといけませんね。どれだけの時間がかかるかわかりませんが」

もちろん、カーレンさん、アーシェさん、ウォグさん、それにフィアーたちにも感謝している。

ダンジョンに一人置いていかれたのがもう、遠い昔の出来事のようだった。

僕の周りにいるのは優しくて頼りになる人たちばかりで、とても恵まれている。

「ふっ、俺は君が気に入ったからな。こんな所で脱落するにはあまりにも惜しいと思ったんだ。初めに義肢を贈ろうと言ったのは俺だが、珍しくアーシェとも意見が合った。ウォグ爺さんも精霊に会えて喜んでいたし、大地の精霊も、それに闇精霊に雷の精霊、君の幼馴染だって、君のためなら苦労を厭《いと》わない。これも、ニノ君の人徳がなせる業《わざ》だな？」

「そんなこと――いえ、この贈り物に見合うだけの立派な冒険者に、なってみせます！」

思わず謙遜《けんそん》しかけて、変にそうする必要はないと思い直す。

目の前の、冒険者の頂点に立つ人物がああ言ってくれたんだ。精霊使いとして、冒険者として、人として、僕は受け取った期待に応えたい。

いや必ず、応えないといけない。それだけの物を背負ったんだ。

カーレンさんは僕のその決意の言葉に満足そうに頷いた。

「そうか。期待しているぞ、若人！」

◇

「トル、もう少し離れなさいよ！」

「やだ。フィアがどく！　ここはトルの！」

「駄目に決まっているでしょ？　こういうのは年上に譲るものよ」

「やだやだ。フィアの意地悪！」

工業区からの帰り道、僕の新しい左腕には、二人分の重みが加わっていた。

フィアーとトルが競い合うようにしがみついてくる。

今日まで、手足の欠損でずっと心配をかけてばかりだったから、僕もとやかくは言わない。

「二人とも仲良しさんだね？　お姉ちゃんも加わっちゃおう！」

隣を歩いていたフィリスは新しい右足――ではなく生身の右腕に。

僕が振り解こうとすると、それ以上の腕力で押さえ込んできた。

「どうして私だけには抵抗するのかな？　不公平だよ〜！」

「だって、恥ずかしいし。ただでさえ義肢で目立つのに、これじゃあ女の子を侍《はべ》らす嫌な奴だよ」

「……そんなの今さらじゃない？」

「ぐっ、言うね……！」

幼馴染に身も蓋もないことを言われてしまった。

通りすがる人たちからは、微笑ましい視線を向けられる。当然、嫉妬を含んだものも。

今はそんな目線を向けられるけど、義肢に対する街の人たちの反応は、想像していたよりも淡白だった。

でもよく考えてみたら、超有名人で、常に四本腕で行動している先輩が既にいたんだった。

つくづくカーレンさんには頭が上がらない。

「我が家に到着！　うーん、運動したらお腹が空いちゃった。今日のご飯はどうしようかなぁ」

「……男を背負って走り回っていれば、そりゃ空くでしょうね……本当、体力お化け」

「ニノ、待ってて……！」

トルがいの一番に玄関へと走り、ドアを開けてくれる。

もう新しい腕があるのだから、自分でできるというのに。

僕の腕代わりになるという約束を律儀に守ってくれているらしい。

「トル、ありがとう」

「んん……」

お礼を伝えて頭を撫でる。

それから中に入ろうとしたところで、あることに気付いた。

「あれ？　フィリス、もしかして庭の手入れをしてくれた？」

僕たちの屋敷には、玄関前に大きな庭が備わっている。

何かを植えて育てるのには十分過ぎるほどの土地で、最初から道具なども揃っていた。

とはいえ、僕もフィリスも以前は仕事で外出することが多かったし、フィアーもトルも家庭菜園で汗を流すような趣味は持っていない。

なので、基本的に手付かずのまま――悪く言えば、ほったらかしにしていたんだけど。

「私は別に何も……ん、言われてみると、綺麗になってる？　土も何だか元気が良さそう」

「それじゃフィアーかトルが？」

「私は知らないわよ？」

「ううん、しらない」

全員が首を横に振る。誰も身に覚えがないらしい。

不思議に感じながらも屋敷の中に入る。すると、謎の変化は室内にも及んでいた。

「わぁ、部屋が掃除されている!!　置いてあった洗濯物も綺麗に畳まれているし、それにこの匂いは……！」

掃除が追い付かず、埃の溜まっていた廊下が隅々まで磨かれている。窓も天井も文句なしの輝きよう。

そしてテーブルの上には……僕たちの帰りを見計らったかのように、湯気の立つ温かい料理が並べられていた。

食器も棚に保管していたものが使われていて、全てが家の中で手作りされたことを示している。

「い、一体誰がこんな酔狂な善行を!?　まるで女神様だよ！」

「女神様ねぇ……」

驚愕した表情でフィリスは固まっている。

一方フィアーは誰の仕業なのか見当がついているのか、溜め息をついていた。

「毒味……する」

トルが席に座ると手近な料理を口にする。

一口、二口、三口。毒味どころかじっくりと味わって食べていた。

「おいしい……、おいしいよ？　ニノにもあげる」

トルは僕にも食べさせようと、手に持ったスプーンを口元まで持ってきてくれる。

しゃがんで一口貰う――確かに美味しい。

小さい頃、両親に作ってもらった懐かしい味がする。

使われている材料にも、身に覚えのある物が多い。僕の好きな味付けだった。

「……よかったわね。今後はどこかのお優しい誰かさんが用意してくれるみたいよ？　あーあ、せっかく頑張って覚えようとしたのに、無駄に終わったわ。どうせこうなると思っていたけど」

愚痴を零しながら、フィアーも席に着く。

「僕はフィアーの自信作にも期待しているよ？　だって男だし、食べ盛りだから」

「……何年後になるかわからないわよ？」

「楽しみにしてる」

「ふ、ふん。いつかアイツに吠え面をかかせてやるんだから……！」

フィアーは照れを誤魔化すように、料理に喰らい付いた。

「わぁ、どうやったらこの味を再現できるんだろう？　気になる」

「おいしい……」

フィリスもトルも夢中になって味わっている。

穏やかな昼下がりだった。新しい腕と足に触れながら、僕は温かい気持ちでいっぱいになった。

「ノート様。僕は……幸せ者です」

今もどこかで見守ってくれているんだろうか。

未だ直接お礼を伝えられずにいる恩人に、想いを馳《は》せながら、ありがたく目の前の料理をいただくことにした。

神スキル『アイテム使用』で異世界を自由に過ごします

雪月花
Setsugekka

ガラクタ漁りから始まる痛快逆転劇!

ゴミアイテムも『使用』すれば
神スキルに大変身!?

勇者召喚に巻き込まれて異世界に転移した青年、ユウキ。彼は『アイテム使用』といういかにもショボい名前のスキルを授かったばかりに、城から追い出されてしまう。ところがこの『アイテム使用』、使ったアイテムから新しいスキルを得られるとんでもない力を秘めていた!!　防御無視ダメージの『金貨投げ』や、身体の『鉱物化』『空間転移』など、様々な便利スキルを駆使して、ユウキは自由気ままな異世界ライフを目指す!?

◆定価:本体1200円+税　◆ISBN 978-4-434-27242-4

◆Illustration:にしん

弱虫テイマーの従魔育成ファンタジー！

冒険者の少年、ルフトは役立たずの“テイマー”。パーティに入れてもらえず、ひとりぼっちで依頼をこなしていたある日、やたら物知りな妖精のおじいさんが彼の従魔になる。それを皮切りに、花の妖精や巨大もふもふ犬（?）、色とりどりのスライムと従魔が増え、ルフトの周りはどんどん賑やかになっていく。魔物に好かれまくる状況をすんなり受け入れる彼だったが、そこにはとんでもない秘密が隠されていた——？　ぼっちのテイマーが魔物を手なずけて、謎に満ちた大樹海をまったり冒険する!

◉定価：本体1200円＋税　◉Illustration：スズキ

◉ISBN 978-4-434-27265-3

AUTHOR:Alto

［著］アルト

婚約破棄をされた《こんやくはきをされた》 悪役令嬢は、すべてを見捨てることにした《あくやくれいじょうは すべてをみすてることにした》

She hates all that despised her.

7年分の"ざまぁ"お届けします。

婚約者である王太子の陰謀により、冤罪で国外追放に処された令嬢・ツェレア。人里に居場所のない彼女は、『魔の森』へと足を踏み入れる。それから七年が経ったある日。ツェレアのもとを、魔王討伐パーティが訪れる。女神の神託によって彼女がパーティの一員に指名され、勧誘にやって来たのだ。しかし、彼女はそれを拒絶し、パーティの一人を痛めつけて送り返す。実はツェレアは女神や魔王と裏で結託しており、神託すらも彼女の企みの一端なのであった。狙うは自分を貶めた王太子の首。悪役にされた令嬢ツェレアの過激な復讐が今始まる——！

◎定価：本体1200円＋税　◎ISBN 978-4-434-27234-9　◎Illustration：タムラヨウ

この作品に対する皆様のご意見・ご感想をお待ちしております。
おハガキ・お手紙は以下の宛先にお送りください。

【宛先】
〒150-6008 東京都渋谷区恵比寿 4-20-3 恵比寿ｶﾞｰﾃﾞﾝﾌﾟﾚｲｽﾀﾜｰ 8F
（株）アルファポリス　書籍感想係

メールフォームでのご意見・ご感想は右のＱＲコードから、
あるいは以下のワードで検索をかけてください。

アルファポリス　書籍の感想　検索

ご感想はこちらから

本書は、Web サイト「アルファポリス」（https://www.alphapolis.co.jp/）に投稿されたものを、改題・加筆・改稿のうえ書籍化したものです。

闇精霊《やみせいれい》に好《す》かれた精霊術《せいれいじゅつ》師《し》

お茶っ葉（おちゃっぱ）

2020年 3月 31日初版発行

編集－本永大輝・篠木歩
編集長－太田鉄平
発行者－梶本雄介
発行所－株式会社アルファポリス
〒150-6008 東京都渋谷区恵比寿4-20-3 恵比寿ｶﾞｰﾃﾞﾝﾌﾟﾚｲｽﾀﾜｰ8F
TEL 03-6277-1601（営業）　03-6277-1602（編集）
URL https://www.alphapolis.co.jp/
発売元－株式会社星雲社（共同出版社・流通責任出版社）
〒112-0005東京都文京区水道1-3-30
TEL 03-3868-3275
装丁・本文イラスト－あんべよしろう（http://ambe.main.jp）
装丁デザイン－AFTERGLOW
印刷－図書印刷株式会社

価格はカバーに表示されてあります。
落丁乱丁の場合はアルファポリスまでご連絡ください。
送料は小社負担でお取り替えします。

ISBN978-4-434-27232-5 C0093